KB138908

LA LITTÉRATURE FRANÇAISE

ANNIE ERNAUX
MARC MARIE

L'USAGE DE LA PHOTO

1984BOOKS

사진의 용도

아니 에르노 & 마크 마리 지음 • 신유진 옮김

일러두기

- 옮긴이주는 글줄 상단에 *를 표기했다.

에로티즘은 죽음 속까지 파고드는 생(生)이다.

– 조르주 바타유

저녁 식사 후에 치우지 않은 식탁, 옮겨진 의자, 전
날 밤 섹스를 하다가 아무 데나 벗어던져 엉켜 버린 옷
들. 나는 줄곧 우리 관계의 시작부터 잠에서 깨어나 그
것들을 발견하며 매료되고는 했다. 매번 다른 풍경이
펼쳐졌다. 각자가 물건을 줍고 분리하며 그 풍경을 허
물어뜨려야만 하는 일은 내 심장을 옥죄였다. 단 하나
뿐인, 우리들의 명백한 쾌락의 흔적을 지우는 것만 같
은 기분이었다.

어느 날 아침, M이 떠난 후 잠에서 깨어났다. 계단을
내려와 햇살 속에서 옷가지들과 속옷, 신발이 복도 타
일 위에 흩어져 있는 것을 봤을 때, 나는 고통스러운 감

정과 아름다움을 느꼈다. 처음으로 그 모든 것을 사진으로 찍어야만 한다고 생각했다. 욕망과 우연이 낳은, 결국 사라져 버릴 이 배열을. 나는 카메라를 가지러 갔다. 내가 했던 일을 M에게 말했을 때, 그 역시 이미 그런 욕구를 느꼈음을 털어놓았다.

우리는 암묵적으로 사진 찍기를 계속했다. 섹스만으로는 부족하다는 듯이 물질적인 표상을 보존해야만 했다. 어떤 것들은 관계 직후에 찍었고, 또 어떤 것들은 다음 날 아침에 찍기도 했다. 그 마지막 순간은 가장 감격스러웠다. 우리의 몸에서 벗겨져 나간 것들은 그들이 쓰러진 장소에서 추락한 자세 그대로 밤을 보냈다. 그것은 이미 멀어진 축제의 허물이었고, 낮에 그것들을 다시 본다는 것은 시간을 체감하는 일이었다.

인식하지 못한 채 잊고 있던 몸짓과 움직임, 낯선 법칙을 따라 니트, 스타킹, 신발 같은 요소들이 예측할 수 없는 늘 새로운 구성을 만들었다. 우리는 그 구성을 함께 발견하고 사진 찍는 것에 금세 호기심과 흥분마저도 느끼게 됐다.

자연스럽게 우리 둘 사이에 규칙이 생겼다. 옷의 배

치에 손대지 않을 것. 하이힐이나 티셔츠의 위치를 바꾼다는 것은 거짓을 조작하는 일이고 - 그것은 나에게 있어서 일기장 속 단어의 순서를 바꾸는 것만큼 불가능한 일이다 -, 우리 사랑 행위의 실재를 해치는 방식이었다. 그래서 만약 우리 둘 중 한 명이 부주의로 속옷을 집게 된다고 해도, 사진을 찍기 위해 다시 내려놓지는 않았다.

M은 보통 한 장면을 여러 번 찍었다. 바닥에 흩어진 물건들 전체를 포착하기 위해 여러 앵글을 잡았다. 나는 그가 사진을 찍는 편이 더 좋았다. 그와는 달리 나는 사진을 많이 찍어보지 않았다. 어쩌다 한 번씩 건성으로 찍어 본 것이 전부다. 초기에 그는 내가 갖고 있던 무거운 검은색 삼성 카메라를 사용했다. 그 후에는 그의 돌아가신 아버지 소유였던 미놀타를, 더 나중에는 고장 난 나의 삼성 카메라를 대신하여 소형 올림푸스를 썼다. 세 개 모두 필름 카메라였다.[1]

---

1 이 용어는 몇 년 전 디지털과 구별하기 위해 등장한 것으로 - 음반 분야에서 CD와 레코드판이 그랬듯이 - 이러한 식별로 후자를 위해 전자의 계획된 종말을 알리는 것이, 내게는 몰상식하고 적용 불가능한 것으로 보이므로, 내가 여전히 고집하는 용어는 그저 '사진기'라는 말뿐이다.

필름을 다 쓰고 포토서비스에 가져가서 인화하는 시간, 일주일 혹은 몇 주의 기간은 사진을 찍는 일과 보는 일을 별개의 것으로 나눠 놓았다. 그것은 다음과 같은 의식으로 이뤄진다.

사진을 찾으러 간 사람이 봉투를 열어 보지 않을 것
음악을 틀고 마실 것 한 잔을 앞에 두고 소파에 나란히 앉을 것
사진을 한 장씩 꺼내어 함께 볼 것

매번 놀라웠다. 사진을 찍었던 방도, 옷가지들도 단번에 알아보지 못했다. 그것은 더 이상 우리가 보았던, 우리가 구원하기 원했던, 곧 사라져 버릴 장면이 아니었다. 난해한 형태의, 주로 화려한 색깔을 쓴, 낯선 그림이었다. 아침 혹은 밤의 - 이미 날짜를 기억하기도 어려운 - 사랑 행위들이 구체화되고 미화되어 이제는 여기 아닌 **다른 곳**, 신비로운 공간에 존재하고 있는 것 같았다.

몇 달 동안 우리는 사진을 찍고 보고 쌓아두는 것에만 만족했다. 사진에 대한 글을 써야겠다는 생각은 어느 날 저녁, 식사 중에 문득 떠올랐다. 누가 먼저였는지

기억나진 않지만 둘 다 사진에 형체를 부여하고 싶어 한다는 것을 금세 알게 되었다. 마치 그때까지 사랑한 순간의 흔적을 사진으로 보는 것만으로 충분하다고 생각했던 것이 더 이상 그렇지 않게 된 것처럼 무언가를 더 필요로 했고, 그것이 글이었다.

우리는 40여 장의 사진 중에 14장을 골랐다. 그리고 완성하기 전까지는 무슨 일이 있어도 상대에게 보여주지 않고, 한마디 언급조차 하지 않으며, 각자 자유롭게 글을 쓰기로 합의했다. 이 규칙은 마지막까지 엄격하게 지켜졌다.

한 가지 예외는 있었다. 우리가 사진을 찍기 시작했을 때, 나는 유방암 치료 중이었다. 글을 쓰면서 사진에는 부재한, 삶과 죽음 사이의 불명확하고 어처구니없는 싸움이 ─ '이것이 나인가, 과연 나인가, 누구에게 이런 일이 일어나는가?' ─ 일어나는 내 몸 안의 '또 다른 장면'들을 언급해야 할 필요성을 느꼈다. 나는 M에게 이야기를 했고, 그 역시 몇 개월 동안 우리들의 관계에서 중요했던 그 점을 감추지 못했다. 우리가 '작품들'의 내용에 관해 이야기한 것은 그때뿐이었다. '작품들', 이 프로젝트에 자연스럽게 붙여진 임시 명칭으로, 우리는

그 이름이 이중적인 의미에서 적합하다고 생각했다.[2]

나는 우리들의 기획의 이익이나 가치를 명확하게 정의할 수 없다. 어떤 면에서 이것은 점점 더, 이 시대의 특징을 이루는, 존재의 과도한 이미지화에 관련된 일이기도 했다. 사진과 글은 매번 우리에게 표현할 수 없어서 사라져 버리고 마는 쾌락의 순간에 현실감을 더욱 부여해 주었다. 현실적인 흔적에서 성의 비현실성을 포착하는 것. 그러나 글로 쓰인 이 사진들이 기억 속에서 혹은 독자들의 상상 속에서 다른 장면으로 바뀌어야만, 현실 그 이상의 것에 도달할 수 있을 것이다.

세르지에서, 2004년 10월 22일

2　*원문에서 쓰인 'compositions'이란 단어에는 작품들이라는 뜻 외에 구성들, 구성요소들이라는 뜻이 있다. 즉 한 단어에 '작품들'과 '구성(요소)들' 이 두 가지의 뜻이 있기 때문에 작가는 이중적인 의미에서 적합한 제목이라고 표현한 것이다.

§

사진에 서 있는 M의 신체 일부만이 보인다. 붉은 음모까지 내려오는 넓은 꽈배기 무늬의 회색 니트 아랫부분과 팬티를 걸친 허벅지 중간 사이, 흰 글씨로 상표 DIM이 커다랗게 적힌 검은색 사각팬티. 성기의 옆모습은 발기 중이다. 플래시 불빛이 혈관을 비추고 귀두 끝에 맺힌 정액 한 방울이 진주알처럼 반짝인다. 발기한 성기의 그림자가 사진의 오른쪽 전체를 차지하는 책꽂이의 책 위로 드리운다. 큰 글씨의 제목과 작가의 이름을 읽을 수 있다. 레비 스트라우스, 마르틴 발저, 『카상드르』, 『극단의 시대』. 니트 아래쪽 구멍이 눈에 띈다.

2월 11일, 간단한 식사를 마친 후 이 사진을 찍었다. 방안에 가득했던 햇빛과 빛 속에 있던 그의 성기를 기억한다. 내가 파리로 가는 RER을 타야 했기 때문에 우리는 섹스를 할 시간이 없었다. 사진은 그것을 대신하는 것이었다.

사진을 보여 줄 수는 없지만 묘사할 수는 있다.

나는 그 사진이 어떤 면에서 오랫동안 잡지 속 사진으로만 알고 있었던 쿠르베의 작품 〈세상의 근원〉과 비슷하다는 것을 깨닫는다. 또한 그것은 내가 스물세 살 여름, 로마의 테르미니역에서 목격했던 장면과 매우 유사하다. 곧 출발할 기차의 열린 창문에 팔을 기대고 핫도그를 먹고 있었을 때였다. 바로 맞은편, 반대쪽 플랫폼에 정차한 기차의 일등석에서, 차양을 반을 내려 허리까지 가린 한 남자의 손이 바지에서 나온 발기된 성기를 거칠게 흔들고 있었다.

2003년 1월 22일에서 23일 사이의 밤, 내 집 현관의 방으로 이어지는 계단 밑에서 나는 처음으로 M의 성기를 봤다. 타인의 성기의 첫 등장, 그때까지 미지의 것이었던 무언가가 밝혀지는 것은 놀라운 일이다. 우리는 **그것**과 함께 살며 우리들의 이야기를 만들 것이다. 아닐 수도 있겠지만.

뤽상부르 근처, 세르바도니 가의 그가 잘 아는 식당에서 저녁을 먹었다. 그는 몇 달을 함께 살았던 여자와 헤어지고 오는 길이었다. 식사 도중에 나는 그에게 "당신을 베니스에 데려가고 싶다"고 말했고, 곧바로 "그러나 지금은 그렇게 할 수 없다. 유방암에 걸렸고, 퀴리 병원에서 다음 주에 수술을 할 것이다"라고 덧붙였다. 그는 어떤 반응도 – 미세한 위축, 경직 – 보이지 않았다. 내가 암에 걸렸다는 사실을 알렸을 때, 가장 많이 배운 혹은 익숙한 사람들조차도 자신도 모르게 그들의 불안을 드러내고 말았다. 그는 다만 자신이 칭찬했던 새로운 헤어스타일이 가발이었고, 항암치료로 이제 머리카락이 없다는 사실을 밝혔을 때만 동요했다. 그는 분명 자신이 감탄했던 대상이 가짜라는 것을 알게 되어 실망했고 자존심이 상했을 것이다.

[지금 생각해 보면 60년대에 내가 기독교 신자였던 한 남학생에게 '임신을 했고 낙태를 원해'라고 했던 것만큼 폭력적인 방식으로 M에게 '암에 걸렸다'라고 말한 것이, 어떤 자세를 취할 수 있도록 대비할 시간을 주지 않고, 그를 견딜 수 없는 현실 속에 빠뜨렸던 것 같다.]

저녁 식사 후, 우리는 콩데 가에 있는 인적 드문 나이트 바에 갔다. 입구에는 커다란 부처상이 있었다. 어느 순간, 내가 암을 고백했던 것만큼 급작스럽게 그가 말했다. "솔직히 제안할 게 있어요. 내 호텔 방에서 밤을 같이 보냅시다." 나는 거절했다. 다음 날 아침, 마취과 의사와 약속이 잡혀 있었기 때문이다. 그 대신 내 집에 그를 초대했다. 그곳을 나서며 부처의 발 앞에 놓인 수반에 동전 한 개를 넣었다. 우리는 함께 RER를 탔다. 돌아오던 길은 전혀 기억나지 않는다. 유행하는 옷을 입은 젊은 흑인 여자가 이어폰을 끼고, 우리 옆에서 지인, 남편, 어머니, 아이들에게나 할 수 있는 거친 말투로 전화하던 것을 제외하고는.

나는 침대에서 가발을 벗지 않았다. 그에게 민머리를 보이고 싶지 않았다. 항암치료 부작용으로 음부도 마찬가지였다. 겨드랑이 쪽에는 맥주병 뚜껑 같은 것이 볼록하게 삽입되어 있었는데, 치료를 시작하면서 넣은 카테테르[1]였다.

---

1 중앙 카테테르 혹은 (방)은 쇄골에서 목 혈관까지 넣는 얇은 플라스틱 관으로 되어있다. 피부에 삽입하고 통과 연결되어 있는데, 화학 요법을 할 때마다 그곳에 구멍을 내서 악성 세포를 죽이는 물질을 집어넣는다. 내가 이 장치에 대해 자세히 서술하는 것은, 대부분의 사람들에게는 생소한 것이기 때문이다. 예전에는 나 역시 알지 못했다.

나중에 그는 소녀처럼 체모가 없는 내 성기를 보고 놀랐었노라고 고백했다. 그는 이런 화학 요법의 후유증을 한 번도 들어 본 적이 없다고 했다. (누가 그런 말을 하겠는가.) 나 역시도 내게 그런 일이 일어나기 전까지는 알지 못했다. 속눈썹과 눈썹 역시 남아 있지 않아서 밀랍인형처럼 이상한 눈빛을 갖게 됐음에도 불구하고, 그날 저녁, 그는 알아채지 못했다.

　　내 가슴을 주시하던 그가 갑자기 왼쪽 가슴이냐고 물었다. 나는 당황했다. 종양 때문에 오른쪽이 왼쪽보다 눈에 띄게 더 부풀어 있었다. 분명 둘 중에 더 예쁜 가슴이 암 덩어리를 지닌 쪽이라는 것을 상상하지 못했던 게 아닐까.

　　6일 후, 수술을 위해 퀴리 병원에서 머무는 동안은 아주 편안했다. 종양과 림프절을 제거했다. 차후에 가슴 전체를 절개해야 하는지 여부는 세포 조직 검사가 말해 줄 것이라고 했다. M은 나를 껴안고 몇 시간을 보냈다. 간호사들과 간호 보조사들의 미소에서 허락의 뜻을 읽었다. 토요일에는 눈이 왔다. 침대에서 하얀 지붕을 봤다. 생 미셸 대로에서 이라크 전쟁 반대 시위가 열린다는 소문을 들었다. 그리고 복도에는 위층에서 멈추는 엘리베이터의 맑은 음이 항상 규칙적으로 울려 퍼졌다. 나는 일기에 끝없는 행복감을 느낀다고 적었다.

전신에 체모가 없는 매끈한 몸 때문에 그는 나를 '나의 인어 아내'라고 불렀다. 가슴에 혹처럼 나온 카테테르는 '여분의 뼈'가 되었다.

Dans le couloir, 6 mars 2003

2003년 3월 6일, 복도에서

내 인생의 그 시기에

커다란 밝은색 타일로 된 현관 복도를 따라 옷가지와 신발이 흩어져 있다. 전면에서 오른쪽, 붉은 니트와 – 혹은 셔츠 – 뒤집히면서 찢긴 듯한 검은 민소매. 팔이 잘린, 가슴을 드러낸 흉상 같다. 민소매의 하얀 상표가 매우 눈에 띈다. 조금 떨어진 곳에 오그라든 청바지와 검은색 벨트. 청바지 왼편으로 대걸레처럼 펼쳐진 붉은 외투의 붉은 안감, 그 위에 놓인 파란색 체크무늬 팬티와 청바지 쪽으로 끈을 길게 늘어뜨린 흰색 브래지어. 뒤로는 부츠 스타일의 커다란 남성용 신발이 둥그렇게 말린 파란 양말 옆에 뒤집혀 있다. 검은 하이힐 두 짝은 선 채로 서로 떨어져 수직 방향을 향하고 있다. 조금 더 멀리, 라디에이터 밑에서 나온 스웨터 혹은 치마의 검은 얼룩. 건너편 벽을 따라 놓인 희고 검은 작은 뭉치는 정체를 알 수 없다. 구석에는 옷걸이가 있고, 벨트가 늘어진 트렌치코트의 하단이 눈에 띈다. 플래시 조명이 이 장면을 밝게 비춘다. 타일과 라디에이터는 하얗게, 옆으로 놓인 하이힐의 가죽은 번뜩이게.

같은 장면을 문지방에서 다른 각도로 찍은 또 다른 사진에는 계단 앞에 덩그러니 놓인 반대쪽 남자 신발과 양말이 보인다.

나는 이 사진을 작년 그리고 현재라는 이중적인 시선으로 묘사하려 한다. 내가 지금 보고 있는 것은 그날 아침, 식사 전 계단을 내려와, 밤의 축축한 기억을 안고 현관 복도에서 봤던 그것이 아니다. 이 장면에는 첫눈에 식별할 수 없는 몇 가지 요소들이 있다. 내가 일상을 보내는 장소가 아닌 그곳은 거대한 타일 때문에 훨씬 더 넓어 보인다. 사실은 낯설지도 익숙하지도 않다. 그저 크기가 왜곡됐고 모든 색들이 강렬해졌을 뿐이다.

나의 첫 반응은, 옷과 속옷으로 반점을 대신한 로르샤흐 테스트[1]를 마주한 것처럼, 물건의 형체 속에서 존재를 찾으려고 한 것이었다. 나는 감정을 불러일으키는 현실에도, 그날 아침에 찍은 사진에도 더 이상 머물러 있지 않다. 사진을 읽는 것은 내 기억이 아니다. 나의 상상력이다. 사진이 더는 내 시야에 있지 않도록 반드

1 *스위스 정신의학자 H. 로르샤흐가 발표한 인격진단검사

시 멀어져야 했다. 각색된 기억 속에서 어느 순간 2003년의 봄의 모습이 떠오를 수 있게. 생각마저도 움직일 수 있도록.

일기장에서 사진의 날짜를 찾았다. 3월 6일, 목요일, 나는 이렇게 기록했다. '그는 복도에 우리의 신발과 뒤섞인 옷들로 만들어진 작품을 남겼다. 검정과 빨강이 주를 이룬, 여기저기 쌓여 있는 그것은 너무 아름다웠다. 나는 두 장의 사진을 찍었다.'

지금 생각해보면, 나는 사랑 후에 어질러진 풍경의 상(像)을 항상 보존하고 싶어 했던 것 같다. 왜 조금 더 일찍 사진을 찍겠다는 생각을 하지 않았을까. 왜 어떤 남자에게도 그것을 제안해 본 적이 없었을까. 어쩌면 거기에 막연한 수치심 혹은 합당치 못한 무언가가 있다고 여겼던 것일까. 어떤 의미에서 보면 M의 성기를 찍는 것이 내게는 덜 음란한 – 혹은 지금으로서는 더 수긍할 수 있는 – 일이었던 것 같다.

아마도 나는 그 일을 오직 그 남자와 내 인생의 그 시기에만 할 수 있었으리라.

여러 해 동안 울름 가의 국립교육연구소 도서관에 다니면서 맞은편에 위치한 퀴리 병원과 병원에 딸려 있는 정원, 장미들을 보았다. 보통은 병원에 이르기 전에 길을 바꿨다. 나는 위험을 피해 달아나는 느낌으로 국립교육연구소로 뛰어 들어갔다. 잠정적으로 구출됐던 것이다. 2002년 10월 3일 아침, 처음으로 퀴리 병원의 유리문을 넘었을 때 유예기간은 끝났다고 생각했다. 여성들에게만 일어나는 모든 일이 그랬듯이 유방암에 걸려야만 했던 것 같았다. 어머니도 할머니도 이모도 사촌들도 한 번도 걸린 적이 없었다. 내가 처음이었다. 최초로 고등교육을 받았던 것이 나였듯이, 내가 개시를 한 것이다.

나는 버리기 시작했다. 8월 말 내 인생에 마지막으로 한 생리가 진짜 마지막이 될 줄을 몰랐다고 말하면서 더는 쓸 일이 없는 호르몬 치료제를, 종이, 메모, 수업 자료들, 오래된 엑스레이 사진, 오랫동안 착용하지 않은 옷과 신발들을.

『마리끌레르』10월호를 사면서 '유방암의 달'이라는

것을 알게 됐다. 어떻게 보면 내가 아직 유행을 따르고 있었던 것이다. 지난여름 '섹스 부록' 때문에 이 잡지를 샀다는 것이 떠올랐다.

공동묘지 분양권을 사려고 시청에 전화를 걸었다. 직원이 나이를 물었다. 70세 이전에는 불가능했다. 그녀는 내가 왜 묘지를 사려는지 알고 싶어 했고, 나는 '미래를 준비하려고요'라고 말하며 웃을 수 있었다. 어찌됐든 그것은 아직 미래의 일이었다.

인터넷에서 유방암에 관한 수많은 웹사이트를 보았다.

예전에 질투의 징표를 봤던 것처럼, 사방에 적힌 죽음의 징표를 보았다. 르루아메를랑을 나오면 보이는 영안실 방향을 가리키는 화살표, 선물로 받은, 작은 추가 들어 있는 잡동사니 등등.

정리에 대한 반감은 극단적이 됐다. 무언가를 정리하고 보관한다는 것이 예전보다 훨씬 더 터무니없게 느껴졌다. 죽음에 죽음을 더할 생각은 없었다.

나는 신발 두 켤레와 캐시미어 니트 두 장을 사면서 지금의 내 상태에는 불필요한 과소비 ─ 그러나 돈 역시 불필요한 것은 마찬가지다 ─ 라고 생각했다.

한 번은 오베르 역 계단 아래에서 아이를 안고 손을 내미는 집시 여인 앞을 지나가다가 그녀가 젖을 물리는 것을 언뜻 보았다. 가슴이 보라색이었다. 나는 걸음을 돌려 그녀에게 동전을 주었다. 내 가슴 때문이었다.

나는 비올레프 르드윅[2]을 기억해냈고 그녀의 일대기에서 그녀가 유방암을 앓으면서 얼마 동안 생존했는지를 찾아냈다. 7년. 글을 쓰기에 충분한 시간이었다. 나는 내 인생을 모두 담을 문학적인 형식을 찾았으나 그런 것은 아직 존재하지 않았다.

지하철과 은행에서 나이든 여자들, 그녀들의 깊은 주름과 내려앉은 눈꺼풀을 바라보며 스스로에게 말했다. '나는 절대 늙지 않을 것이다'라고. 그것은 다만 놀라울 뿐, 슬픈 생각은 아니었다. 그런 적은 처음이었다.

가장 충격적이었던 것은 이 모든 것들의 단순함이었다.

처음 퀴리의 문턱을 넘으면서 단테의 문장이 떠올랐다. '이곳에 들어온 당신, 모든 희망을 잃을 것이다.'

---

2 *프랑스 소설가, 1907년 4월 7일 출생-1972년 5월 28일 유방암으로 사망. 자전적 소설의 선구자 중 한 명으로 알려진다.

그러나 안에 들어가자 오히려 이상적인 장소 같은 느낌이 들었다. 오늘날에는 그 실례를 찾아볼 수 없는, 미소를 띤 세심한 인간들이 약한 이들을 따뜻하게 돌봐주는 곳. 나는 금세, 아무 생각 없이 뤽상부르 역에서부터 표시된 경로를 따라 걷게 되었다. 라탕 지구 중심에서 학생, 구매자, 연인들의 만남, 관광객들이 교차하는 모든 길 중에, 암 환자들을 위해 표시한 길이었다. '내일 항암치료가 있다'고 말하는 것이 작년의 '미용실에 간다'는 말만큼 자연스러워졌다.

복도의 구성

현장을 밝게 비춘 플래시로 A가 찍은 사진이라는 것을 알았다.

인위적인 조명 탓에 저녁인지 아침인지 구분할 수 없다. 뒷장에 기재된 '(n°8) PS 2003년 3월, 세르지에서'가 아니라면 사진의 날짜를 정확하게 추정할 만한 것도 전혀 없다. 나는 오랫동안 이 행위, 그러니까 섹스 후에 흩어진 옷가지들의 사진을 찍는 것의 시작이 나였다고 믿었고 그것의 저자라고 여겨왔다. 이 기억의 왜곡에는 그럴 만한 이유가 있다. 앞선 시간의 흔적을 보존하고자 하는 욕구를 두 사람이 거의 동시에 느꼈기 때문이다. 이제 여러 장의 사진들 중에 이것이 가장 첫 번째였다고 말하는 것은 그 자체가 현실성이 없다. 이 사진들 전체를 탁자 위에 펼쳐 놓는다고 했을 때, 특별히 이것이 **서두**의 의미를 갖고 있지는 않을 것이다.

타일 위에 옷들이 흩어져 있다. 서 있는 하이힐을 제외하고, A의 옷들이 전면과 후면에 너무 얽혀 있어서 하얀색 브래지어밖에 보이지 않는다. 그렇게 버려진 채로 그 시절 나의 '교복'이었던 청바지, 부츠, 붉은 셔츠를 에워싼다. 포위한다. 거의 죄고 있는 것과 다름없다.

처음 이 직물 퍼즐을 보았을 때, 나는 그 장면의 강렬한 아름다움에 사로잡혀 버렸다. 다리가 뒤집어진 바지, 혼자 말려 있는 팬티, 반쯤 풀려 있는 신발 끈. 이 모든 것이 내게 순간과 행위의 강렬함을 말해 주었다. 거기에는 대립의 흔적이 있었고, 몇 m^2 안에 섹스와 폭력이, 격정의 스펙트럼의 동(東)과 서(西)가 결집되어 있었다.

나는 아무것도 만지지 않고 물건들을 제자리에 두길 원했다. 우리는 사랑을 나눴고 몇 시간이 흘렀다. 우리가 간직하게 될 시각적 기억은 같은 유의 또 다른 기억들에 더해져 몇 밤, 몇 주, 몇 개월이 지나, 공명하나 선명하지 않은 하나의 실체를 구성하게 될 것이다. A의 서재에서 했던 포옹을 그녀의 방에서 한 것으로 재구성할 수도 있고, 가을에 함께 들었던 음반을 봄이라고 여길 수도 있다. 그때, 어쩌면 나는 언젠가 그녀가 사정할 때 짓던 표정, 라디오에서 들은 음악을 콧노래로 따라 하던 그녀의 음색, 그녀가 내 것을 빠는 방식과 내 위에 있을 때 그녀의 움직임을 잊게 될 것이라고 확신했고 – 이 모든 것들을 사진에 담을 수 없지만 – 그녀만큼 나 역시, 옷의 정확한 위치와 우리가 겪었던 것들의 확실한 증거를 필름에 새기고자 하는 절대적인 욕구를 느꼈다. 살인사건이 일어난 후 경찰들이 그렇듯이, 아무것도 만지지도 옮기지도 않고.

몇 주가 지나고 사진들이 쌓였다. 모두 몇십 장이 되었다. 즉흥적인 제스처, 사진을 찍는 행위는 의식이 되었다. 그러나 항상 내 물건을 가져올 때, 그 조화로운 형태가 파괴되는 순간에는 성스러운 장소의 유물을 더럽히는 것처럼 매번 내 가슴이 죄어들었다. 우리의 눈에 그것은 예술 작품만큼 아름다웠고, 옷감의 상호작용으로 인한 색의 혼합은 놀라웠다. 마치 지금은 움직이지 않지만 우리의 몸짓을 영속시키기 위해 서로를 향해 뻗어 나갈 준비가 된 것처럼... 죄악은 우리가 방금 저지른 일이 아니라 그것을 흐트러뜨리는 행위에 있었다.

나중에 우리는 마침내 인화된 사진들을 보며, 이 첫 번째 사진을 지칭하는 표현으로 **복도의 구성**을 떠올리게 됐다.

Chambre 223 de l'hôtel Amigo
Bruxelles, 10, mars

3월 10일, 브뤼셀, 호텔 아미고 223호실

머리를 삭발당한 여자들을 닮았다

어질러진 침대 앞, 커피포트, 토스트, 바구니 안에 남은 비엔누아즈리[1]가 있는 아침 식탁. 침대 시트 위에 작고 검은 뭉치 - 퀴리에서 수술받기 전 친구가 선물해준 실크 블라우스 - 그리고 M의 셔츠일지도 모르는 붉은 어떤 것. 오른쪽, 그림자에 잠겨 거의 까맣게 보이는 화병에 담긴 빨간 장미. 안쪽에 조금 열린 창문.

월요일 아침, 방을 떠나기 직전에 찍은 사진이다. 사랑을 나눈 후의 풍경이 아닌, 단지 우리가 3일을 보냈던 방의 모습이다. 분명 다시 보지 못할 것이며 세부적인 것들의 대부분을 잊게 될 것이다. 1986년 2월, 나와 Z 그리고 그로부터 2개월 후 급작스럽게 돌아가신 어머니와 이 아미고 호텔에 머물렀을 때 - 창문과 티브이를 기준으로 했을 때 침대 위치를 제외하고 - 그 방의 거의 모든 것을 잊은 것처럼. 이 호텔에 처음 왔을 때만

---

1   *비엔나 풍 페이스트리

해도 어머니가 아직 살아 계셨었다는 게 믿어지지 않는다. 그러니까 내가 그녀를 보고, 그녀의 목소리를 듣고, 그녀를 만지고, 그녀가 항상 내 곁에 있던 시간들이 존재했다는 것이다. 나는 그 시간을 상상할 수 없다. 어쩌면 M이 2001년에 이 아미고 호텔에서 묵었기 때문인지도 모르겠다. 그는 석 달 일찍 찾아온 어머니의 죽음 탓에 큰 슬픔에 빠져 있었다. 그녀들의 죽음에는 14년이라는 시간의 차가 있기에 같은 공간에서 내 어머니는 살아계시고, 그의 어머니는 돌아가신, 우리를 그럴 수 없다. 나는 어머니의 긴 부재를 이미 지나왔다.

붉은 장미는 그가 토요일 오후에 가져온 것이다. 그는 한 시간 넘게 외출을 했고, 나는 그가 헤어진 여자에게 전화를 하러 간 것이라고 생각했다. 내가 문을 열어줬을 때 꽃다발을 들고 있는 그를 보면서, 마치 두 행동이 – 다른 여자에게 전화를 하고 내게 꽃을 주는 것 – 양립할 수 없다는 듯 나의 의심을 부끄러워했다. 그러나 그는 아마도 전화를 하고 꽃을 샀을 것이다.

이 방의 욕실에서 그에게 처음으로 나의 민머리를 보여 주었다. 우리는 7주째 사귀고 있었다. 그는 내게 잘 어울린다고 말해 줬다. 그가 병아리의 솜털 같은 희고 검은 작은 머리카락들이 새로 나오기 시작한다고 말해 줬는데, 나는 그때까지 그것을 모르고 있었다.

해방 때 머리를 삭발당한 여자들의 사진을 많이 보았다. 언젠가 그 사진들 몇 장에 대해 언급해달라는 부탁을 받은 적도 있었다. 수락을 했지만 재정적인 이유로 프로젝트는 성사되지 못했다. 이제 내가 그녀들을 닮았다는 것에 기분이 묘해졌다.

이주 만에 머리카락이 모두 빠졌다. 어느 날 저녁, 그것들이 내 민머리에 박힌 가시로 변한 것처럼 보였다. 일어날 때마다 한 줌씩 빠진 머리카락을 큰 봉투에 담아두었다. 완전히 대머리가 되기 전에 다니엘 카사노바 가에 있는 '붙임 머리' 가게에 갔다. 그곳은 - 거기까지 가는 길에 깨달은 것인데 - 1984년 봄, 한 남자와 여러 번 대낮에 만남을 가졌던, 그래서 모텔처럼 느꼈던 호텔의 정확히 맞은편에 위치하고 있었다. 나는 구리색으로 부분 염색을 한 긴 금발 가발을 골랐는데 이전 머리 스타일과 비슷했다. 모자처럼 머리에 쉽게 쓸 수 있었고 빗질을 하면 엉킨 것이 풀렸으며 세면대에서 샴푸로 빨았다. 충분히 만족할 만했다. 처음에는 너무 티가 날까 혹은 바람에 날아가지 않을까 무서웠지만, 곧 잊어버리게 됐다.

액세서리[2]이지만 어떤 사진에서도 표시가 나지 않는다. 브뤼셀 이후에도 오랫동안 불을 끄고 잠들 때만 벗었다. 침대 밑에 던져뒀다가 눈을 뜨자마자 더듬더듬 주워서 머리에 다시 썼다.

방을 나가기 전에 창문 밖을 바라보았다. 작은 광장과 뾰족한 건물 양쪽에서 시작되는 두 거리. 언제나 나를 감동시키는, 파리, 로마 등 유럽 대도시에서 흔히 볼 수 있는 소실점 안에서 바다를 가르는 작은 배처럼 퍼져 나간다. 나는 우리가 다시 브뤼셀에 함께 올 수 있을지 궁금해졌다.

내게 호텔 방은, 공간과 시간의 이중적인 일회성으로 사랑의 고통을 가장 잘 느끼게 해주는 장소다. 나는 항상 호텔에서 하는 섹스는 결실이 없다고 느껴왔다. 어떻게 보면 그곳에서 우리는 아무도 아니니까. 같은

---

2 사실을 말하자면 이슬람교의 스카프처럼 암에 걸린 사람의 표식에 더 가까운데, 항암치료와 이슬람의 발전으로 둘 모두 순수한 여성 패션으로서의 액세서리 기능을 잃었다.

이유로 그곳에서의 죽음은 분명 더 쉬울 것이다. 파베세나 마르코 판타니처럼.

애니 레녹스

안스파 대로에 장미를 사러 갔다. 쌀쌀하고 흐린 토요일 오후였다. A는 호텔에 남아 있었다. 그녀는 분명 내가 1월 20일에 헤어진 전 부인에게 다시 연락하러 갔다는 상상을 하며 불안해했을 것이다. 나는 그녀가 걱정하고 있다는 것을 알았지만, 사실 그것이 그리 나쁘지만은 않았다. 우리가 만난 이래로 처음 꽃다발을 안고 돌아올 생각이었으니까.

그 장미들이 거기, 사진의 오른쪽 그늘 속에 있다. 방의 창문으로 아미고의 입구가 있는 작은 광장이 보인다. 2년 만에 호텔의 모습이 완전히 바뀌었다. 금 장식물과 루이 15세 가구들이 50년대 어두운 밤색 장식들로 교체됐는데, 어린 시절 텔레푸쿤 전축을 떠올리게 하는 분위기다. 천장 높이부터, 어떤 흔적도 남아 있지 않다. 새 주인, 로코포르트 체인은 룸의 수를 늘리기 위해 천장 높이를 줄여서 본래의 형상을 무너뜨리는 것을 택했다. 로비에서 사업가들과 마주쳤다. 서로 비슷한,

문명화된, 까다롭지 않은 이들이었다. 1층 바(BAR)의 벽에는 작가들의 사인을 받은 사진들이 여전히 눈에 띄게 걸려 있었다. 최후의 유물이자 시대착오다.

금요일에 도착해서 우리는 폭우 속에 이곳저곳을 다녔다. 위클, 증권거래소, 미디길, 닭시장 길, 메트로폴 바, 브루케르 광장, 적대적이지 않으나 그저 고집스러운, 내가 알던 그 모습 그대로의 브뤼셀.

부모님이 브뤼셀을 떠났을 때, 나는 여덟 살이었다. 드골이 사망한 지 얼마 되지 않았을 때였다. 한 학년을 마치는 동안 이삿짐을 다 쌌다. 나는 12년이 지난 후에야 이곳에 돌아왔다. 좋은 기억은 하나도 없었다. 많은 눈물을 흘렸다. 그럼에도 체류 기간은 점점 늘어갔다. 2000년 11월, 어머니가 돌아가셨다. 3개월 후, 반작용처럼 브뤼셀이다. 한 친구와 떠난다. 내게 돈이 조금 있어서 우리는 아미고로 내려온다. 비는 끊임없이 계속 오고, 추위 때문에 우리는 몇 시간을 레스토랑에서 보내게 된다. 나는 술을 많이 마신다. 사진을 몇 장 찍는다. 나중에 파리에서 그 사진들을 발견했을 때, 어머니가 돌아가신 이후 처음으로 내 얼굴, 나의 윤곽을 보게 된다. 맞아서 정신을 잃은 복싱 선수의 그것이었다.

나는 삼 개월 동안 애도의 메시지에 답을 하지 않는
다. 그러나 어느 날 밤, 방의 책상에서 2년째 가끔 서신
으로 인터뷰를 해온 어느 작가에게 편지를 쓴다. 긴 편
지다. 여섯, 일곱 장, 친구에게도 할 수 없는 말들을 그
녀에게 털어놓는다. 상실, 공허, 모든 의미의 소멸. 파리
에 돌아와서 그녀의 답장을 발견한다. 그녀는 특히 편
지지 서두에 적힌 글자, '아미고 호텔'에 놀라움을 표현
한다. 1986년, 그녀가 어머니의 사망 소식을 듣기 직전
에 머물렀던 곳이다.

우리는 의심할 여지 없이 브뤼셀을 공유하고 있었
다. 첫 여행으로 이곳에 다시 오는 것이 우리에게는 당
연한 일인 듯했다.

나는 특히 이 사진의 무질서함이 좋다. 우리는 아침
식사를 막 마쳤고, 침대 시트는 구겨졌고, 베개는 푹 꺼
졌다. 침대 위, 바로 책상 앞에 놓인 것은 틀림없이 A의
검은 실크 셔츠일 것이다. 가발을 쓴 다른 두 장의 사진
속에서 그 옷을 입고 있다. 이곳에 머물면서 처음으로
그녀는 내게 민머리를 보여 준다. 아주 짧은 머리카락

이 다시 자랐는데, 그녀에게 잘 어울린다고 생각한다. 그녀는 그 당시 브뤼셀에 등장하여 곳곳에 포스터가 깔린 애니 레녹스를 닮았다. 항암치료 후에 새로 나온 그녀의 머리카락, 나는 그것을 쓰다듬는 것이 좋다. 부드러운 솜털, 두 번째 탄생이다. 그녀에게 인위적인 헤어스타일을 벗어던지고 이렇게 외출했으면 좋겠다고 말한다. 아는 사람을 만날 일이 거의 없는 곳이니까. 그러나 그녀는 날씨가 춥다는 핑계로 거절한다.

브뤼셀은 우리가 함께 등장한 첫 번째 사진을 찍은 곳이기도 하다. 똑같은 포즈를 취하는 수천 명의 관광객들처럼 우리는 그랑플라스에서 한 커플에게 사진을 찍어 달라고 부탁했다. 사진의 구도는 좋지 않았지만 내 얼굴이 복싱 선수처럼 보이지는 않았다.

프랑스로 돌아와 며칠 후, 다툼 중에 A는 내게 이렇게 말하게 된다.

"브뤼셀의 행복은 끝났다."

La chaussure dans le séjour, 15 mars

3월 15일, 거실의 신발

비밀

마루 위, 클로즈업으로 찍은 남자 부츠다. 첫 번째 사진과 같은 것으로, 검은 가죽에 닥터마틴 스타일, 신발 끈을 엮는 고리가 있고 열린 입처럼 벌어져 있다. 발등 부분의 가죽과 설포에 깊게 접힌 자국으로 닳은 신발임을 알 수 있다. 신발 앞부분이 하얀 트위드 무늬가 있는 붉은 레이스 브래지어를 밟고 있다. 풀린 신발 끈은 브래지어 위에 늘어졌다. 신발 뒤로 청바지 다리. 분명 상표가 적혀 있을, 살점 같아 보이는 밝은색 스웨이드 택을 둘로 나누는 벨트가 바지에 그대로 있다.

플래시 조명이 신발을 탐욕스럽게 보이게 한다. 그것을 잘라 사진 속에서 꺼내 남성우월주의의 예증처럼 아무 데나 붙이고 싶지만, 실제 M과 나의 관계는 이 물건들이 스스로 연출한 장면에 전혀 부합하지 않는다.

사진마다 거의 항상 이 신발이 있다. 신발 끈이 대부분 풀려 있고, 지난 세기 유머러스한 그림 속에 낚싯줄로 건져 올린 신발처럼 벌어진 상태다. M이 자주 신던 것으로 낡고 형태가 변했으며, 신발 끈을 묶는 방식이라서 벗으려면 애무를 중단해야 하고 욕망을 유예해야 한다. 다리 절반까지 내린 청바지에 걸려서 신발을 한 짝씩 벗기 위해 애쓰던 그의 모습이 머릿속에서 떠나질 않는다.

섹스 후, 바닥에 버려진 모든 것들 중 신발이 가장 마음을 흔든다. 옆으로 엎어졌거나 반듯하게 서 있지만 반대 방향을 향한다. 혹은 속옷 더미 위에 부유하고 있지만, 항상 서로 떨어져 있다. 사진에서 두 신발 사이의 거리가 보이면, 그것을 벗으려던 거친 몸짓을 헤아릴 수 있다. 주차장이나 보도에서 발견하면 누가, 왜 벗었을까 궁금해지는 그런 신발들처럼 대부분은 따로 떨어져 있다. 추상적인 형태로 변하는 의복과 다르게, 신발은 유일하게 사진 속에서 신체 일부의 형태를 유지하고 있으며, 그 순간 가장 큰 존재감을 구현한다. 가장 인간적인 액세서리다.

모파상의 단편 소설 속 하녀는 주인에게 농부와 잠

자리를 가졌다고 자백하기 위해 이렇게 단순히 말한다. '우리는 구두를 섞었습니다.' 이제는 아무도 '구두(soulier)'라는 단어를 쓰지 않는다. 언젠가 M과 나는 더 이상 서로의 구두를 섞지 않게 될 것이다.

　그가 이 사진들과 이 밤의 표식들에 대해 글을 쓰기 시작했다는 생각을 하면 지금까지도 낯선 감정들이 나를 채운다. 육체적이면서 지적인 흥분이다. 그것은 우리가 나눈 비밀이며 일종의 새로운 에로틱한 훈련이다.

　나는 우리가 그보다 더 나은 것을 함께 할 수는 없을 것이라고 생각한다. 글쓰기, 그것은 하나가 되었다가 또다시 분리되는 행위다. 가끔 두렵기도 하다. 글이라는 자신의 공간을 내놓는 일은 자신의 성기를 내놓는 것보다 더 폭력적이다. 그에게 자리를 내주지 않기 위해 어떤 무의식적인 전략이 이미 실행되었을까. 단어와 문장을 견고하게, 꿈적이지 않는 문단을 만드는 것. 어린 시절 가끔 내 몸이 돌이 되었던 것처럼, 그리고 방의 벽들이 끝없이 멀어졌던 것처럼 – 나중에 철학 수업 시간 이것이 조현병 증상이란 것을 배우게 됐는데, 놀라기는 했지만 두렵지는 않았다.

전투복

남자 구두 한 짝이 브래지어를 밟고 있다. 아니다. 차라리 짓누르고 있는 것에 가깝다. 사진 너머로 구두 굽의 움직임을 짐작할 수 있다. 불쾌한, 화난 몸짓으로 왼쪽 오른쪽으로 흔들리고 있다. 그것은 더 이상 브래지어가 아니다. 여름밤, 누군가 주방 타일 바닥에서 죽인 말벌이다. 부츠 역시, 4년 전 포럼데알 상점의 쇼윈도 너머로 봤던 광택이 돌던 신발이 아니다. 그때부터 일 년에 300일은 이것을 신고 다녔을 것이다. 친구들은 내가 다른 신발을 신는 것을 상상하지 못한다. 정말로 저 녀석이 새 신발을 살 돈이 있을까 궁금해할 정도다. 구두, 신발, 부츠, 반장화, 나는 이것에 대해 말할 때 그냥 '내 부츠'라고 한다. 가죽은 해지고, 고리의 검은 칠이 군데군데 벗겨져서 본래의 재질, 황동이 보인다. 그렇게 입을 벌린 채로 버려진 이 신발에는, 운수 나쁜 날,

센 강변에서 '니켈 도금된 발들[1]'이 낚시로 건져 올린 커다란 구두의 초라한 매력이 있다.

사진의 상징적인 의미가 너무도 분명하여 상황의 우연성에 대한 정당한 의심을 품게 된다. 나는 이 디테일을 발견하고 옅은 미소를 짓던 나 자신을 떠올린다. 그만큼 우연이 다음과 같은 진부한 장면을 둘러싸고 있었다. 입을 막는 남자, 단순하고, 검고, 절대적인 신발 바닥의 압박, 영원한 여성성. 신발 끈이 브래지어 양쪽으로 미끄러지듯 들어간다. 낚아챌 듯이, 빙글빙글 돌릴 듯이, 내가 브래지어를 풀었던, 그것이 떨어졌던 순간의 가벼운 춤을 재현한다.

오른쪽 발, 공을 찰 때 쓰는 발이다. 나는 A에게 공격을 당할 때 불알을 발로 차면 효과가 있다고 여러 번 말했다. 몬태나의 첫 번째 모델로 애틀랜타 올림픽 기간에 몽펠리에에서 산 것이다. 일 년 후, 나는 발두아즈의 어머니 집으로 가는 마지막 기차 안에서 잠이 들었다가, 집에서 20km 떨어진 오리라빌에서 깨어난다. 택시는 없다. 숲속에 있는 기차역이다. 철길을 따라 난 도

---

1   *'니켈 도금된 발들'은 1908년, 루이스 포르통이 연재를 시작한 후 대중들에게 널리 알려진 프랑스 만화다. 본래의 뜻은 '게으르다', '행동하기를 거부하다'라는 표현이기도 하다.

로는 전혀 없고, 4시간 동안 레일 사이, 자갈 위를 걸으며 화물열차 소리를 살핀다. 바퀴 밑에서 삶을 마감하고 싶지는 않으니까. 내가 신은 부츠는 튼튼하지만 이런 일을 겪기에는 적합하지 않다. 내 부츠는 마지막 성벽과 같다. 그 어떤 것보다 강간이 두렵다. 얼굴을 얻어맞거나, 이유 없이 단지 재미로 저지른 살인보다도 더. 그날 밤 아무와도 마주치지 않았다. 나의 늦은 귀가에 익숙하신 어머니는, 내가 착한 아이처럼 잠을 자러 갔을 때 아무 소리도 듣지 못하셨다. 다음 날 12시, 나는 내 물건들, 나의 '전투복'을 살펴봤다. 망가진 밑창, 해진 가죽, 내 부츠는 끝장나 있었다.

A는 키가 크다. 몇 달 동안 나는 그녀에게 굽이 낮은 신발을 신은 모습을 보여 주려 하지 않았다. 그녀와 함께 걸을 때는 항상 인도의 높은 쪽으로 걸으려고 했다. 보호자이자 지배자, 매우 명백한 남성적인 자세로, 그녀의 어깨에 손을 올리기 위해서였다. 지금까지 삶을 스쳐 간 여자들에 의해, 나는 수컷다운 옷차림을 택해야만 하는 것에 무척 익숙했다. 나무꾼처럼 보이는 체크무늬 셔츠, 미국인 같은 야구 모자, 성숙한 남자처럼

보이기 위해 3일을 기른 수염, 유행에 뒤처지지 않기 위한 배기바지, 빈약한 엉덩이에 달라붙지 못하고 불알만 꼭 끼던 딱 붙는 청바지. 나답지 않은 시도 중 유일하게 남은 것은 부츠다. 섹스하려고 할 때마다 다음과 같은 역효과도 함께 남았다. 어둠 속에서 순간적인 흥분으로 서투름에 지배당하며 고리 네 개에 엮인 신발 끈을 풀어낸다. 흥분이 가라앉기에 충분한 그 시간 동안, 작아져 버린 내 성기는 평소처럼 축 늘어진다. 나중에 파리에서든 세르지에서든, 일단 문지방을 넘으면 내가 제일 먼저 하는 일은 모카신을 신는 것이었다. 욕망은 부서지기 쉽다. 진화론자들이 이용하는 똑딱단추, 벨크로, 지퍼 달린 의상을 항상 입어야 할 것이다.

Cusine matinale, dimanche 16 mars

3월 16일, 일요일, 부엌의 아침

긴 휴가

사진의 오른쪽, 밝은색 목제 찬장과 흰색 식기 세척기. 조리대 위, 윤기 나는 개수대 양옆으로 벽에 기대 세워 놓은 쟁반과 도마, 다양한 가전제품, 녹색 뚜껑의 자벨수 한 병, 식물용 비료 한 병, 위스카스 한 팩, 불룩한 전기포트의 기어 변속기 모양의 검은 손잡이, 주석 냄비, 음식이 담긴 그릇, 잔반을 담을 준비가 된 것처럼 열려 있는 밀폐용기와 옆에 있는 그것의 붉은 뚜껑, 행주. 타일 위 – 50년대식 블루, 베이지색 바둑판무늬 – 찬장 근처, 거기서 꺼낸 쓰레기통, 오물 위로 오렌지를 짜고 버린 껍질이 넘친다. 쓰레기통에 맞닿아 있는 시커먼 옷더미들이 바둑판무늬 타일 위에 곰 가죽처럼 두껍게 흐트러져 있다. 그 옆에 글자가 적힌 하얀 실내화. 식기 세척기 밑에 구겨진 적보라색 세탁물들과 끝부분으로 흰색과 파란색 걸레를 밟고 있는 반대쪽 실내화 한 짝. 어두운 옷더미 뒤로 이상한 위치에 놓인 의자 하나, 커다란 오븐용 전자레인지를 받치고 있는 탁자와 직각을 이룬다. 마치 누군가 라디오를 듣는 것처럼 귀를 대고 작동 소리를 들었던 것 같다. 안쪽 창으로 들어오는 햇살이 곰 가죽 위에 빛이 베고 간 흔적을 그린다.

같은 장면을 세로로 찍은 또 다른 사진에는 조금 더 강렬한 빛이 식기 세척기와 비료통과 자벨수와 함께 개수대의 좌측을 밝게 비추고, 창을 타일 위에 길고 하얗게 투영한다.

이곳은 아무것도 정리되어 있지 않았다. 남은 음식도, 사랑의 흔적도. 둘 다 뒤죽박죽이다.

우리들의 가운을 알아보는 데 한참이 걸렸다. 그의 것은 짙은 녹색 타월천이고, 내 것은 자주색 합성 실크다. 실내화에 적힌 '호텔 아미고'를 짐작하는 데도 마찬가지였다. 접시에 남아 있는, 전날 저녁 우리가 먹은 음식이 기억나지 않는다. 우리의 몸짓이 무엇이었는지도, 우리의 쾌락도.

사진 속에는 아침 주방의 냄새가 없다. 커피와 토스트, 고양이 밥과 3월의 공기가 섞인 냄새. 소리도 없다. 규칙적으로 돌아가는 냉장고, 아마도 이웃의 잔디 깎는 기계, 루아시로 가는 비행기. 단지 영원히 타일 위로 떨어지는 빛과 쓰레기통 속 오렌지, 자벨수의 녹색 뚜껑이 있을 뿐. 모든 사진에는 소리가 없지만, 아침 햇살 속에서 찍은 것은 다른 어떤 것들보다 조금 더 적막하다.

일기장으로 사진의 날짜를 추정할 수 있었다. 미국이 이라크를 공격하기 전 마지막 일요일이다. 몇 개월 전부터 계획된 이 전쟁을 모두 예상하고 있었다. 전 세계 수백만의 사람들이 전쟁을 반대하며 행진을 했지만, 그것은 태양이 불태운 땅 위에 드리워진 커다란 그림자처럼 계속해서 전진했다. 나는 1991년만큼 전쟁을 반대하는 운동에 격렬하게 참여하지 않은 것에 죄책감을 느꼈다. 그저 발코니에 평화주의적인 반대 운동의 표시로 하얀 천을 걸었을 뿐이다. 프랑스에서는 매우 드물게 이행됐던 행위로, 틀림없이 이웃들의 눈에 미친년으로 보이는 효과만 자아냈을 것이다.

어느 날 아침, 라디오를 켜자 전쟁이 거기 있었다. 그것은 너무 먼 공포였기에 M과 함께 한 이야기를 통해서만 느낄 수 있었다. 날씨는 더웠고, 태양은 흔들림이 없었다. 그리고 '여전히 이렇게 아름다운 봄'이라고 생각했다. 나는 모든 의무, 글에서까지도 해방되어 오로지 M과 이 이야기를 살았다. 시간을 낭비하며. 인생의 긴 휴가, 암으로 얻은 긴 휴가를.

드디어 예의상 해야 하는 일들에서 벗어날 수 있었다. 편지, 이메일에 답장을 하지 않아도 됐다. 내가 토론회, 낭독회 초대를 거절할 때마다 사람들이 고집하는 것이 오만과 학대처럼 보였다. 물론 그들이 병에 대해서 몰랐기 때문이었고, 그들에게 말했더라면 계속해서 사과를 했겠지만, 그들은 나의 거절을 투정이나 개인적인 모욕으로 느끼면서 ─ 그러니까 그들이 자신들을 우선으로 생각한다는 것이다 ─ 나를 다루기 힘든 사람으로 여겼다. 나는 타인의 이기주의와 끝을 냈다. 그들은 내게 도달할 수 없었다.

매우 소수의 사람들에게만 암을 알렸다. 동정은 원치 않았다. 매번 동정을 받을 때마다, 나 자신이 사람들에게 다른 존재가 됐다는 명백한 사실이 드러나고 말았다. 나는 그들의 눈에서 미래의 내 부재를 읽었다. 그들은 내가 그들의 죽음을 내 것만큼이나 분명히 보았다는 것을 짐작하지 못했다. 나는 그들보다 죽음에 대해 더 잘 알고 있었다.

어느 날, 그는 내게 "당신은 글을 쓰기 위해 암에 걸린 거야"라고 말했다. 어떤 관점에서는 그가 옳다고 느끼기도 했지만, 그때까지는 결심이 서지 않았다. 이 사진들에 대한 글을 쓰기 시작하면서 비로소 가능해졌다. 마치 사진에 대한 글이 암에 대해 쓰는 것을 허락한 것처럼. 그 둘 사이에는 어떤 연결 고리가 있었다.

또 다른 관점에서 보자면, 그는 틀렸다. 나는 삶이 글의 **소재**를 가져다줄 것이라고 기대하지 않는다. 다만 글을 위한 **미지의 기획**을 원한다. '나만이 쓸 수 있는 글을 쓰고 싶다'라는 이 생각은 형식조차도 실제 내 삶에 의해 부여된 텍스트를 의미한다. 나는 우리가 쓰고 있는 이 글을 절대 예상할 수 없었을 것이다. 그것은 삶으로부터 나왔다. 다수의 조각들로 이뤄진 ─ 그것 자체도 아직은 알 수 없는 M의 글의 조각들에 의해 부서지게 되겠지만 ─ 사진으로 쓴 글 역시 마찬가지로 다른 무엇보다 이 현실을 담은 **최소한의 이야기를 만드는** 기회를 내게 준다.

PACE

우리들의 옷, 그 자체보다 나를 사로잡은 것은 빛이다. 주방 창문으로 들어오는 그 빛. 단색의 하얀 화면에 2003년의 시작을 점찍는 사건들이 펼쳐진다. 우리가 처음으로 밤을 함께 보내고 맞은 첫 번째 아침에 A는 집 외벽, 그녀의 방 발코니 밑에 걸어 둔 하얀 침대 시트를 내게 보여 준다. 임박한 미국의 이라크 공격을 반대하기 위한 것이다. 악천후에 후줄근해진 그 깃발은 조금 초라하지만 제법 눈에 잘 띄며, 밑으로 커다란 새 집 한 채만이 보이는 골짜기를 내려다보고 있다. 그 당시, 나는 그녀를 이 말 없는 부르주아 동네의 여성 운동가로 여겨야 한다고 생각했다. 다만 5월 초에 우리는 베니스로 떠났고, 나는 그곳에서 4개월 전 괴상하다고 여겼던 그 일을 더는 비웃지 않게 됐다. 궁전 그리고 가장 가난한 집들의 발코니에 오색 깃발이 펄럭이던 베니스. 줄줄이 걸린 깃발마다 모두 같은 글자, 'PACE(평화)'에 줄이 그어져 있었다.

아미고 실내화를 제외하고, 그림자에 가려진 우리의 옷들은 알아보기가 힘들다. 나머지, 전자레인지 왼편에 있는 빵 바구니, 그 위에 있는 오렌지, 과일 껍질로 가득 찬 쓰레기통과 개수대 수도꼭지 뒤에 세워 놓은 쟁반, 뚜껑이 열려 있는 밀폐 용기는 일상을 보여 줄 뿐이다. 아침을 먹고 남은 음식, 그 뒤에 본질이 숨어 있다. 끊어지지 않는 우리들의 대화, 다달이 또 다른 지루한 내용들을 흘려보내는 휴대용 라디오 – 3월 6일, 미국의 전쟁 시작, 고도 6000m 포격, 바그다드 폭격, 첫 번째 테러. 우리들의 사랑, 그 반대편의 참화였다. 외부 세상은 항상 거기, 주방 창문 뒤에 있어야만 할 것 같았다.

세르지의 주방. 내가 가장 좋아하는 공간이다. 타일을 삼키는 아침 햇살 때문에. 저녁을 준비하는 A의 몸짓 때문에. 처음으로 그녀에게 감자 깎는 것을 돕겠다고 했고, 이 공동생활의 시작에 불편함을 느꼈기 때문에, A가 혐오했고 그래서 욕망과 거부감을 함께 느꼈던 개체, 사회적으로 용인되고 인정받는 '부부'라는 모델에 보잘 것 없는 행위로 융합되려 했으나 열매 없이 실패한 나의 시도가 떠올랐기 때문에. 불 앞에서 분주하게 움직이는 그녀의 엉덩이를 보는 즐거움 때문에. 남성우월주의와 음탕함이 뒤섞인 순간에 느꼈던 수치심 때문에. 아무리 소리를 키워도 복도를 지나면 변질되어 버리는 옆방에서 들려오던 음악 때문에. 반쯤 열린 창문으로 뛰어 들어와 자신의 몫으로 닭 안심과 피 섞인 간을 받으려고 칸 영화제에서 작품을 상영하는 날, 레드카펫을 밟는 여배우처럼 조리대를 차지하는 교 − 이 공간을 지배하는 암고양이 − 가 항상 지나다니는 길 때문에. 바닥을 핥고 1층 전체를 뒤덮는 달이 뜨는 밤 때문에. 한밤중의 싸움, 서로를 이해하지 않고, 식기 세척기 위에 앉아서 불면으로 피로한 얼굴을 한 채, 원망, 질투, 부주의와 욕망의 결핍과 마음속 깊이 오로지 잔인한 표현과 아픈 말, 그리고 어쩌면 최상의 대화 수단일지도 모르는 섹스로 서로에게 상처 입힌, 조금은 더 비극적인 순간들 때문에.

　세르지, 그녀의 주방, 지나치게 과열된 그녀의 공간들, 고립된 위치, 그곳은 아주 작은 것으로 인식된 현실 − 이라크 전쟁 − 로부터, 동시에 내가 막 떠나온 존재의 마지막 도약으로부터 나를 멀리 붙들어 놓는 하나의 소우주다. A와 만남 이전의 결별은 우리 관계의 처음

몇 개월을 망쳐 놓았지만, 이제는 이 사진들로 인해 선사 시대의 형체처럼, 나를 그녀에게, 그녀의 침대로, 초췌한 우리들의 얼굴이 적나라하게 드러난 아침으로 이끌어 준 우연의 토대처럼 느껴진다. 아침에 일어나서 옷이나 화장 없이, 텁텁한 입 냄새를 풍기며, 눈곱이 낀 채로 서로를 보는 것을 피할 수는 없다. 곧장 각자의 집으로 돌아갈 생각으로 욕실로 직진하거나, 아침 식사를 위해 남아야 한다.

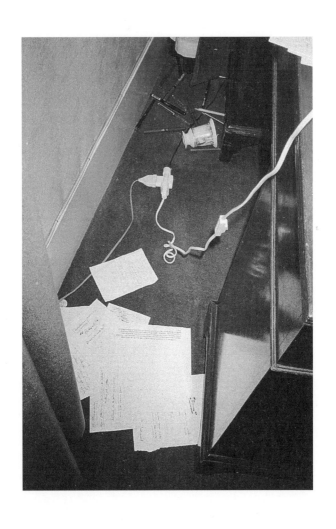

Dans le bureau, 5 avril

4월 5일, 서재에서

어떤 깨달음을 위해

　전면의 바닥, 벽의 굽도리 널과 책상 벽 사이, 좁은 녹색지대 같은 것이 형성된 카펫 위에 손글씨로 덮인 종이 몇 장이 무질서하게 겹쳐져 있다. 종이 반쪽이 책상 밑에 들어갔다. 조금 멀리, 세 개의 전선이 연결된 멀티 콘센트. 전선 두 개는 바닥에, 나선 모양으로 책상 위로 올라간 나머지 하나는 보이지 않는 램프와 연결된다. 10여 개의 사인펜과 다양한 색깔의 색연필이 사방에 펼쳐져 있다. 미카도 놀이처럼 차곡차곡, 그것들이 담겨져 있던 단지 옆에. 물건들은 책상에 놓여 있다가 떨어진 것이 분명하다.

　이 사진은 같은 날 저녁, 같은 공간에서 찍었던 세 개의 사진 중 하나다. 벗은 옷들로 어질러진 현장을 담은 나머지 두 장의 사진들과 다르게, 이 사진은 우리가 부지중에 책상에서 떨어뜨린 물건들만을 담고 있다. 우리는 오베르 쉬르 우아즈, 라부 여인숙의 반 고흐가 죽어 간 방 아래에서 저녁 식사를 했고, 그곳의 주인은 친

절하게도 손님들이 5시간 동안 절인 양고기 요리와 진한 초콜릿 케이크를 먹고 나면 무료로 고흐의 방을 구경시켜 주고는 했다.

밝기를 최대로 켠 할로겐의 빛과 플래시가 만나 종이의 새하얀 색깔이 두드러진다. 줄의 배열, 삭제한 것, 짙은 잉크로 덧칠한 것을 추측하게 된다. 써놓은 것을 읽고 싶다. 모든 사진들, 광고가 포함된 엽서들, 책의 표지, 신문, 글자가 적혀 있는 것이라면 무엇이든 항상 읽으려고 한다. 다른 어떤 것보다 시간을 더 현실적으로 나타내는 표식 같다. 전쟁 전에 찍은 사진 한 장에는 나들이복을 입은 아버지와 낯선 성채 배령자 그리고 6살에 죽은 언니라고 알고 있는 어린아이가 있다. 벽에는 포스터가 있다. 나는 크게 적힌 표제를 알아본다.

비싼 물가 - 월급 인상 - 40시간.

어떤 노력을 해도, 돋보기로도, 여기 이 글은 읽을 수 없다.

그때 내가 무슨 글을 썼는지 기억나지 않는다. 분명한 것은 우리가 사진을 찍은 저녁, M과의 섹스와 종이를 보존하는 것 중 하나를 골라야 했다면, 종이를 선택

하지는 않았을 것이라는 것.

나는 그가 암을 뛰어넘는 삶을 살게 만들어 준다고 생각했다.

관계 초기였다. 어느 날 밤, 우리는 잠을 이루지 못하고 나란히 누웠다. 그가 헤어졌던 여자에 대해 말했다. "그 여자가 내게 무관심해졌다고 생각해?" 나는 침대에서 나와 주방으로 내려갔다. 다음날 오후에는 퀴리 병원에 가야 했다. 15일 전에 나를 수술했던 의사가 종양 절제만으로 충분한지 혹은 가슴 전체를 잘라내야 하는지를 알려 주기로 되어 있었다. 새벽 2시에 주방 의자에 앉아서, 그 순간 M에게 받은 고통이 가슴의 상실 여부를 알지 못하는 것보다 더 끔찍하다고 생각했다.

내가 만났던 모든 남자들은 매번 다른 깨달음을 위한 수단이었던 것 같다. 내가 남자 없이 지내기 힘든 것은 단지 성적인 필요성보다는 지식을 향한 욕망에 있다. 무엇을 알기 위해서인가. 그것은 말할 수 없다. 나는 아직, 어떤 깨달음을 위해 M을 만난 것인지 알지 못한다.

성소

    물건들은 모두 그녀의 책상에서 떨어졌다. A가 메모를 한 종이 뭉치, 조금 떨어진 곳에, 내용물에 둘러싸인 사기 컵, 미카도 게임처럼 바닥에 펼쳐진 펜과 연필. 우리는 거기에 있는 것들의 대부분을 내팽개치면서 책상에서 섹스를 했다. 나는 즉시 그것을 사진으로 남기고 싶었다. 그 '성소'의 훼손을. 1월에 A가 집을 구경시켜 줬을 때, 나는 당연히 A가 이곳에 들어가지 못하게 할 것이라고 생각했는데 그렇지 않았다. 평범한 방이다. 책꽂이, 가족사진, 전화기가 있고, 창문으로 큰 나무들이 보이지만 시야가 막혔다. 기분전환을 위한 요소가 전혀 없다. 그럼에도 불구하고 나는 저항할 수 없을 정도로 책상, 그것 자체에 끌렸다. 그녀의 작품 대부분이 여기서 만들어졌기 때문만은 아니다. 글을 쓰기에 좋은 가구처럼 보였기 때문이다. 며칠 후, 어느 날 저녁, 그녀가 병원에 입원해 있는 동안 나는 그곳에 앉았다. 그녀에게 편지를 쓰기 위해서, 또 '어떤 느낌인지 보기 위해서'였다. 아무런 느낌도 없었다. 나는 그저 다음날 그녀에게 편지를 전달한다는 생각에 만족스러웠다. 밖에는 눈이 왔다. 20km 떨어진 습하고 난방이 없는 부모님 댁에, 그리고 조금 더 멀리, A가 혼자 있는 퀴리에. 면회는 저녁 8시에 끝났다. 간호사들과 간병인들은 나의 존재를 호의적으로 보았다. 젊은 연인들처럼 애처롭게 생각했던 것 같다.

몇 주 동안 그녀의 책상에서, 늘 같은 자리에 놓인, 작업 중인 작품을 담은 연녹색 파일들을 보았다. 책꽂이 맨 아래 칸에 정리된, 그녀가 자필로 쓴 작품 원본들이 항상 눈앞에 있기도 했다. 한 번도 들여다본 적은 없었다. 그럴 시도조차 하지 않았다. 그러나 사진을 찍은 그날 저녁에, 나는 그녀가 자신이 무엇으로 사회적으로 인정받는지를 잠시 잊었다는 것에, 그 신성한 공간에 이름을 붙인다는 것에 - 그녀가 나보다 먼저 했을지도 모르겠지만 - 거기에 엉덩이를 내놓고 앉은 것에, 우리의 팔, 다리가 그 공간을 엉망으로 만들고 잠시 아무 가치도 없는 백지로 만드는 광경을 목격하는 것에 쾌락을 느꼈다.

확대를 하면, 아마도 카펫에 뿌려진 종이에 적힌 A

의 글을 읽을 수 있을 것이다. 거기에서 무엇을 볼 수 있을까? 아무렇게나 적은 메모? 한 콘퍼런스에서 발랑스 프랑스 문화원 원장이 프레젠테이션을 대신하여 세르지에서 촬영한 10분짜리 취재 영상을 틀었다. 2000년 6월, 〈작가들의 이야기〉라는 시리즈물의 일환으로 프랑스에서 방영됐던 것이다. 그들 중 책상에서 글을 쓰는 A를 보았다. 마치 멸종위기에 놓인 동물을 보듯, 작가의 자연스러운 모습을 소개할 때면 반드시 볼 수 있는 유의 장면이었다. 나는 A가 자신이 실제로 쓰고 있던 것이, 특히 이 진부한 장면이 끝났으면 하는 바람을 적은 짧은 낙서가 큰 화면에 보일까 봐 걱정했던 것을 기억한다. 사진 기자들과 시청자들은 그들이 '독점'이라고 부르는 이런 순간들을 무척 좋아한다. 예를 들면 술집 테이블에서 압생트 한 잔을 앞에 둔 베를렌, 타원형 서재에서 아들 존이, 그저 어린아이이고 자신의 키에 맞기 때문에 책상 밑에 들어가서 노는 동안 이른바 일급 문서를 검토하고 있는 케네디.

Châle rouge, 12 ou 20 avril

4월 12일 혹은 20일, 붉은 숄

얼룩처럼

색이 있는 옷가지들이 얽혀서 반은 마룻바닥에, 반은 밝은 원목 가구 밑, 카펫 위에 있다. 문이 닫힌 가구는 밑 부분만 보인다. 옆에 보이지 않는 탁자에서 멀리 밀려난 의자 하나, 거기에 커다란 붉은 숄이 걸쳐져 있다. 그것과 마주하는 또 다른 의자 역시 탁자에서 떨어져 있다.

카펫 위, 숄이 있는 의자 밑에 얇고, 끝이 막혔고, 뾰족하며, 스트랩 샌들로 굽이 보이는 검은 샌들 한쪽 - 그러니까 이미 무더위가 찾아온 4월의 어느 저녁이었다 -, 다른 샌들 한쪽은 마룻바닥 위에 멀찌감치 떨어져 있다. 마치 옷이 쌓인 바닥을 성큼 건너간 것 같다. 전면에는 쩍 벌어진 M의 커다란 신발 한 짝, 마루 위에 있는 나머지 한 짝은 하이힐과 직각을 이룬다. 밝은색과 짙은 색이 교차하는 옷더미 속에서, 나는 M의 파란 셔츠, 검은 스커트, 하얀 팬티 라인이 보이게 뒤집어진 검은 스타킹, 역시 뒤집혀서 안감이 보이는 M의 베이지색 바지, 파란 양말과 흰색 밴드가 있는 검은색 DIM 사각 팬티를 알아본 것 같다. 이 물건들이 유행인지 아닌지, 비싼지 저렴한지는 중요하지 않다. 정물화가 그렇듯이 중요한 것은 형태와 색깔뿐이다. 숄의 주름, 셔츠 색과 겹치는 파란색 양말, 검은색 신발의 가죽 안감을 연상 시키는 사각팬티의 흰색 밴드.

가구의 안정성과 견고함, 카펫과 마룻바닥에 병렬로 놓인 나무판자가 그리는 분명한 선, 무겁고 정돈된, 변 함없는 어떤 것이 바닥에 벗어놓은 옷들의 무질서, 연 약함과 대조를 이루면서, 늘 사진을 찍자마자 순식간 에 지워버려야만 했던 이 장면이 가진 불안전성을 부 각시킨다.

한 여자, 니논 B가 사진 4장을 보냈다. 1970년, 그녀가 나중에 내 것이 된 이 집에서 살았을 때, 이 거실에서 찍은 것이다. 금색 안락의자 사이에서 우아하게 나풀 거리는 발레복을 입은 그녀의 딸이 보인다. 나는 마룻 바닥을 알아봤다. 숄이 나온 사진 속의 그것과 꼭 같은 것이다. 그러니까 30년 전, 한 사춘기 소녀가 춤을 추던 곳에서 우리는 나체로 잠을 잤다. 흩어져 있는 옷들 사

이에서 불편함을 모르고, 놀다가 아무 데서나 잠든 새
끼 고양이들처럼. 내가 버리려 하지 않는 모든 믿음 중
에 이것이 있다. 집은 그곳에서 있었던 일들을 기억하
고 있다는 것. 왜 아니겠는가.『르몽드』의 한 기사에 따
르면 유전학자들은 여성들의 자궁이, 출산과 낙태에
상관없이, 그곳에서 만들어진 모든 아이들의 **흔적**을
보존한다는 것을 확인했다고 한다.

　이 사진을 찍은 시기에 나는 M을 도와, 곧 팔릴 예
정이었던 그의 부모님 댁을 정리했다. 빌리에르르벨에
울타리를 친 정원 안쪽에 숨겨진, 작고 어두운 그 집은
능(陵)처럼 보였다. 2000년에 돌아가신 M의 어머니는,
그보다 15년 일찍 찾아온 M의 아버지의 죽음 이후로 아
무것도 바꾸지도 버리지도 않았다. 벽은 책과 옷장으
로 가득 찼다. M의 어머니의 원피스, 투피스, 외투가 옷
걸이에 걸려 다닥다닥 붙어 있었고, 그녀가 과하게 사
용하던 오드콜로뉴 냄새가 배어 있었는데, 집안 전체
에 퍼진 장작 냄새 그리고 어떤 난방기구로도 말릴 수
없는 벽의 습한 냄새와 섞여 있었다. 나는 손댈 엄두를
내지 못하고 그 앞에 서 있었다. 그것은 내가 알지 못했

던 한 여인의 살아 있는, 확대된 상(像)이었다. 사진을 제외하고 내가 그녀에 대해 알 수 있는 것들은 그녀의 원피스, 손가방, 신발뿐이었다. M 역시 손을 대지 못하는 듯했다. 우리는 옷들을 모두 그곳에 두고 물건과 책만 챙겨오기로 했다.

M의 곁에서 그의 어머니의 물건들, 요리책, 정원에 관한 서적, 그녀가 특별히 좋아했던 작가, 콜레트의 작품, 침구류, 바느질 용품과 그림 도구들을 분류해서 상자에 담다 보니 이제는 한 번도 만난 적이 없는 그녀를 알았던 것만 같은 느낌이 든다. 그리고 그보다 더 당황스러운 것은, 그녀 역시 나를 알고 있다고 느낀다는 것이다.

어릴 때부터 침대 시트 혹은 길가에 버려진 매트러스에 묻은 오줌, 정액, 피의 흔적, 찬장 목재에 낀 음식과 와인 얼룩, 옛 편지에 남은 커피 얼룩과 기름진 손가락 자국에 끌렸듯이, 나는 내가 사진에 매료됐다는 것을 깨달았다. 가장 물질적인, 유기적인 얼룩. 글을 쓸 때 역시 같은 것을 기대하고 있다는 것을 자각한다. 나는 단어들이 떼어내지 못하는 얼룩이기를 바란다.

코소보의 보헤미아 신혼부부들은 첫날밤의 피와 정액으로 얼룩진 침대 시트를 보여 주는 관습이 있다고 들었다. 손님들이 그 침대 시트를 가져와 피와 와인을 섞어 발라서 그렇게 또 다른 작품을 만든다고 한다. 그들이 그것을 사진으로 남기는지 궁금하다.

우연한 관객

붉은 숄은 늘 조금 서늘한 세르지의 늦저녁에 두른 것이다. 사진에는 보이지 않지만 오른쪽에 둥근 탁자가 있다. 밖에 나가지 않을 때는 거기서 저녁을 먹는다. 마치 시간이 제한된 것처럼 첫날밤부터 시간을 분할해서 써 왔기에 그것 역시 의식의 일부라고 할 수 있다. 완벽한 순간의 연속을 만들려는 것처럼 - 거실의 작은 테이블에서 아페리티프를 마시고, 저녁을 준비하고, 식탁보를 깔고, 식기와 촛대를 놓고, 와인을 고르고 -, 일련의 작은 공기 방울들을 만들려는 것처럼, 그 안에서 우리 각자의 삶의 비극은 진부한 것이 되어 추방된다. 공기 방울이 더해지고 결국 죽음은 단념하고 만다. 죽음은 끈기가 없다. 그러나, 그러나…

1월 20일, 아내와 헤어지면서 집을 나왔고, 영업 보조 일을 그만두면서 생제르맹데프레의 한 호텔 방을 빌린다. 부모님 댁은 동파로 보일러가 터져서 거주할 수 없다. 월초부터 파리는 지독히 추웠다. 며칠만 머무르려고 했으나 겨울을 났다. 다음 주에 만나기로 했던 A에게 약속을 앞당기기 위해 전화를 건다. 우리는 1월 22일로 뜻을 맞춘다. 그때부터 모든 것이 달라진다. 너무도 파란만장했고, 혼란스러웠으며, 완전히 무의식 상태로 살았던 시기이기에 지금도 그 이유를 설명할 수 없다. 한 번도 제대로 다시 생각해 보려 하지 않았다. 그렇게 나는 이 아름다운 여자와 저녁을 먹는다. 우리가 오르되브르를 먹으려고 할 때, 그녀는 내게 암을 앓고 있음을 알린다. 당장 달라지는 것은 아무것도 없다. 바로 그 순간, 우리는 자연스럽게 첫 번째 공기 방울을 만들었을 것이다. 그 안에서 병은 제외되지 않는다. 아니, 오히려 단번에 **내재된다.** 우리 셋, 죽음과 A와 나는 몇 달 동안 함께 살게 된다. 우리들의 동거인은 성가셨다. 그는 항상 거기에 머물 수 있는 권리를 손에 넣었다. 항암치료를 받는 동안 A의 배로 흐르는 수액 주머니 안에, 쇄골 밑 카테테르에, 방사선 치료로 타 버린 유두에, 검어진 잇몸 주변에, 체모가 거의 빠진 몸 전체에, 그레뱅 뮤지엄의 밀랍인형 같은 피부색에, 그 단조로운 톤을 나는 생에 딱 한 번 본 적이 있었는데, 생페르 가의 의과대학 7층, 해부용 시체들이 대기하는 곳이었다. 죽음은

성가시나 우리의 사랑에 **도달하기에는** 미약했다. 사랑
이 죽음을 이긴다는 오래된 전설은 지나치게 아름다워
믿을 수 없다는 걸 알고 있지만 그렇게 되고 말았다. 그
리고 죽음은 여전히 여기에 있다. A의 머리카락이 자랐
지만 수술 후 5년이 지나야 확실히 '안심할 수 있는' 상
태가 된다.

　우리의 만남이 일어날 법하지 않은 일이었다면, 우
리의 생존 역시 마찬가지다. 나는 자주, 특히 간조 때 트
루빌의 해변을 따라 긴 산책을 하면서, 그녀도 나도 이
곳에 있어서는 안 될 것이라는 생각을 한다. 내 곁에서
걷고 있는 이 여자를 본다. 언니의 죽음에 종속되어 탄
생했던, 한동안 생이 위태로웠던, 이토록 생생하게 살
아서 웃고 있는 이 여자를. 이상한 느낌이다. 무중력 상
태의 유령이 된 것 같은, 우연한 관객이 된 것 같은.

Cuisine du 17 avril

4월 17일의 부엌

삼백만 가슴

다시 주방이다. 거의 사진의 전체를 차지하는 노란색, 회색 바둑판무늬 타일 위에 각기 다른 네 개의 옷더미가 흩어져 있다. 전면의 가장 큰 옷더미는 가로로 타일 여섯 개, 세로로 다섯 개 면적을 차지하는데, 스커트, 광택 나는 안감이 보이도록 뒤집어진 회색 슈트 재킷, 그 위에 파란 셔츠가 쌓인 것으로 구성되어 있다. 안감에 패인 주름 중앙에 시커먼 구멍 세 개가 방독면을 연상시킨다. 늘 신고 다니는 커다란 닥터마틴 한쪽이 옆에 엎어졌다. 타일 위에 비비 꼬인 짙은 회색 스타킹은 옷더미에서 나왔다. 꽃무늬 브래지어 컵이 신발 옆에 조심스럽게 펼쳐져 있고, 꽃무늬 팬티도 마찬가지다. 오른쪽 위로 작은 붉은색 옷더미, 소매를 접은 스웨터. 왼쪽에는 벨트를 맨 청바지와 벌어진 바지 속에 티셔츠, 나머지 한쪽 닥터마틴이 거기, 옆으로 넘어져 있다. 혼자 덩그러니 있는 양말 하나. 가장 안쪽, 오래된 재봉틀 다리 사이에 놓인, 묶어 놓은 쓰레기봉투와 빈 로제 와인 병.

이것은 해가 뜨지 않은 아침의 사진이다. 내 일기장에는 이렇게 적혀 있다.

'오늘 아침, 주방에서의 쾌락'

모든 사진에 우리들의 옷, 슈트, 셔츠가 바닥에 떨어져 있고 우리가 거의 보지 않는 것들, 세탁 방법이 적힌 라벨이나 안감, 스타킹의 팬티 부분이 보인다. 우리는 급한 욕망에 옷들을 바닥에 내던졌다. 망가지거나 더러워지는 위험을 감수하고, 물건의 가치를 생각하지 않고, 순간적으로 아무것도 **계산하지** 않는다. 옷들은 유혹의 기능을 완수했으며, 언젠가 가구나 신발을 닦을 걸레로 쓰일 것을 예견한다.

('생각 없이 옷을 더럽히는 아이'라고 하시던 어머니의 말이 들린다. 새 원피스를 입히는 것이 특별한 일이었던, 옷이 없던 옛 어린 시절의 말이다.)

이 사진을 찍었을 때, 내 오른쪽 가슴과 유두 주름은 코발트에 타서 갈색이 됐고, 방사선을 쬘 지점과 구역을 정확하게 표시하기 위해 피부에 파란색 십자가 표시와 붉은 줄이 그려져 있었다. 삼 주 동안 전에 했던 것과는 다른 항암화학요법 치료 처방이 내려지면서, 5일 동안 연속으로 밤에도 중장비 같은 것들을 착용해야 했다. 허리에는 벨트와 항암치료제가 들어 있는 젖병 모양의 플라스틱병을 넣은 복대를 찬다. 병에서 나온 투명 플라스틱 얇은 관이 가슴과 쇄골 사이를 지나, 붕대로 가린 카테테르에 꽂은 바늘까지 올라간다. 반창고 조각이 피부에 관을 고정시키면 체열이 치료제를 끌어올려 혈관으로 흐르게 만든다. 배에 있는 주머니 때문에 외투를 잠글 수 없고, 스웨터 밑으로 나오는 줄을 감추기 어렵다. 옷을 벗으면 가죽 벨트와 독약 병, 색색의 마크와 흉곽을 통과하는 줄 때문에 외계인처럼 보인다.

내가 그 몸을 하고 있을 때 또 어떤 사진을 찍었는지 잘 모르겠다. 그것이 섹스를 하는데 방해가 되지는 않았다. 그가 말했다. "당신은 불성실한 암 환자야."

「질병의 올바른 사용에 관하여」라는 옛 미사 기도문을 참조하자면, 나의 경우, 병을 활용하는 것이 암에게 줄 수 있는 최선인 듯했다.

몇 개월 동안 내 몸은 폭력적인 작업이 이뤄진 극장이었다.

항암치료를 받을 때면 농담 삼아 식기세척기와 비교했다. '프로그램' 시간 – 한 시간에서 한 시간 반 –, 시작부터 마지막 헹굼까지 어김없이 상기시킨다. 신체역시 계속해서 변화를 맞이했다. 탈모 그리고 전신 체모 탈락, 상처, 수술하고 몇 주 후에는 겨드랑이에 림프액으로 채워진 커다란 오렌지 같은 것이 있어서 가슴에 닿지 않게 팔을 벌리고 있어야 했다. 그리고 2차 성징을 겪는 소녀처럼 얇고 곱슬거리는 머리카락과 털이다시 나왔다. 후각은 극도로 예민해져서 멀리서도 모든 냄새를 알아차렸다. 평소에 감지할 수 없던 것까지도. 마치 손으로 만질 수 있을 것만 같았다. 그것은 하나의 발견이었고, 개처럼 세상의 냄새를 맡는다는 것이마음에 들었다. 어느 날, 막내 이모를 보러 간 Y요양원에서 티브이 앞에 모여 있는 남자들과 여자들의 얼굴에 한 겹 내려앉은 음식 냄새, 산패한 냄새, 오줌 냄새를본 것 같았다. 나는 냄새를 만질 수도 있었다.

아무것도 끔찍하지 않았다. 열심히 암 환자의 일을

수행했고, 내 몸에서 일어난 모든 일들을 실험처럼 지켜보았다. [나는 내가 삶과 글을 분리하지 않는 것이, 무의식적으로 경험을 묘사로 바꾸는 데 있는 게 아닐까 생각한다.]

퐁투아즈 병원 방사선과 대기실에서 오랫동안『마담 피가로』를 봤다. 표지에는 시스루 원피스를 입고 가슴을 드러낸 한 여자가 있었고, 큰 글씨로 과감하게 시스루를 입자!라고 쓰여 있었다. 프랑스 여성들의 11%가 유방암에 걸렸고, 유방암을 앓고 있다. 삼백만 여성이 넘는다. 꿰매고, 스캔하고, 붉은색, 파란색 그림으로 표시하고, 방사선을 쬐고, 재건한 삼백만의 가슴이 셔츠와 티셔츠 안에 감춰져 있다. 보이지 않는다. 정말이지 언젠가는 과감히 보여 줘야 할 것이다. [내가 내 가슴에 대해 글을 쓰는 것은 이 드러냄의 의지에 동참하는 것이다.]

나는 당신을 베니스에 데려가고 싶습니다

　타일의 기하학적인 무늬, 원근감, 아침의 빛, 세로로 찍은 사진이어서 중요한 것들이 - 우리의 옷들 - 모두 프레임 안에 들어가 있다. 이것을 보면, 이 사진을 찍었던 달과 내가 포브르생마르탕 가로 이사한 달이 겹친다는 것을 떠올리지 않을 수 없다. 가구가 일부 갖춰진 방 두 칸짜리 집에는 거실 벽에 있는 복제품이 유일한 장식 요소였다. 조르주 데 키리코의 〈붉은 탑〉. 성의 큰 탑을 표현한 그림으로, 탑 밑으로 몇몇 디테일을 제외하면 거의 빈 것이나 다름없는 공간이 펼쳐진다. 물론 이 그림을 다른 방이나 지하실에 둘 수도 있었지만, 문제는 시간이 갈수록 이 작품이 나쁘지 않게 느껴진다는 것이었다. A가 짐을 푸는 것을 도와주면서 그림의 원작이 베니스에 있다는 것을 알려 주었다. 다음 달에 그곳에 가기로 했기에, 그때부터 나는 그 그림이 A가 말했던 바람이 투영된 것이라고 생각했고 또 그렇게 여겼다. 1월 22일, 우리가 서로 잘 알지 못했을 때 저녁 식사를 하며 그녀가 말했다. "나는 당신을 베니스에 데려가고 싶어요." 나는 그녀에게서 나온, 그토록 자연스러운 문장에 감동했다. 그때 나는 함께 여행하다 보면 당연히 그곳에서 서로를 유혹하게 될 것이라고 상상했었다. 우리는 그 이상이었다. 베니스에서는 한 침대를 나눠 썼다. 먼저 마르코니 호텔의 아주 협소한 공간에서 지냈는데, 『르기드루타르』[1]가 추천한 곳으로, 그 이유는 지금도 알 수 없다. 그리고 아마도 누군가 예약을 취소한 덕분에, 도르소두로의 조용한 숙소가 그다음이되었다.

페기 구겐하임 미술관의 1층 가장 안쪽 전시실에 〈붉은 탑〉이 전시되어 있다. 파리에 있는 복제품과 크기는 같지만 결이 달랐다. 그날 이후 내게는, 그녀만의 베니스를 - 리알토 부근과 산마르코 그리고 해리스 바에서 멀리 떨어진 - 발견하고 사랑하게 만든, A의 재능에 기인한 이유들로, 본질을 틀 안에 담을 수 없기에 순간을 한 공간에 압축시키려던 우리들의 사진과 이 그림 사이에 영속적인 연결 고리가 생겼다.

---

1 *프랑스 여행 가이드북 전집.

Jean assis sur le parquet, 24 ou 31 mai

5월 24일 혹은 31일,
마룻바닥에 앉은 청바지

내가 사진을 찍을 때는

거실 안, 복도로 이어지는, 열려 있는 문 근처.

책상다리 밑, 벽과 카펫의 술 장식 사이, 마룻바닥 위에 두 다리를 앞으로 뻗고 주저앉은 청바지. 검은 가죽 벨트는 풀어졌지만 고리에 걸려 있는 채로, 부재중인 사람의 복부 모양을 유지하며 감싸고 있다. 옆에는 붉은색, 흰색 무늬 팬티와 M의 것인지 내 것인지 말할 수 없는 검은 옷들이 쌓여 있다.

벽에는 칠이 벗겨진 굽도리널과 좁은 청색 천을 걸어놓은 것이 보이는데 - 아래쪽에 규칙적인 박음질이 눈에 띈다 - 거기에 네모난 콘센트가 박혀 있다.

청바지가 앉은 자리에서는 마룻바닥 위로 나온 몸통의 쭉 뻗은 두 팔도 볼 수 있다. 사람의 자세 그대로 떨어진 옷에서 나온 생명력은 무언가 위협적이다. 영화 〈프릭스〉의 괴물 같다. M의 육체가 빠져나간, 비어 있는 형체다.

어릴 적 전쟁에 관해 들었던 모든 이야기들 중에, 주

유소 근처에서 폭격이 일어난 후, 한 사람에게 남은 것은 파손된 의자뿐이었다는 이야기가 가장 끔찍했다.

　베니스 여행에서 돌아와 3주 후에 찍은 사진이다. 두 번의 화학요법 치료 사이에 여행의 날짜를 맞추기가 무척 어려웠다. 어느 오후, 우리는 산 조르조 마조레 성당의 종탑에 엘리베이터를 타고 올라갔다. 먼저 와 있던 관광객들이 하나둘씩 내려가고 우리들만 남았다. 우리가 서로를 끌어안은 그곳에서 바로 아래로 수도원 경내와 산 조르조 수도원 내부의 정원이 보였다. 나는 티셔츠 밑으로 브래지어를 벗어서 수도원 경내에 떨어지길 바라며 공중에 던졌다. 그것은 오랫동안 미풍에 실려 반대 방향으로 날았다. 세상에서 가장 우아한 광경 중 하나였다. 그리고 시야에서 사라졌다. 그 후에 우리는 엘리베이터 안에서, 하루 종일 시편을 외우며 승강기를 타고 오르락내리락 반복하는 수도사를 마주하고 터져 나오는 웃음을 참을 수 없었다. M은 밑으로 내려와 브래지어가 어디로 떨어졌는지 찾고 다녔다. 그는 인적 없는 부두에서 브래지어를 찾아냈고, 거기에 두고 왔다.

그 베니스 여행을 생각하면, 항상 산 조르조를 천천히 날아다니던 브래지어의 모습이 떠오른다. 타들어가는 태양에도 우리는 좁은 길을 계속 걸었다. 자테레를 따라 춤추는 집들의 외관들과 바다의 눈부신 반사광에 녹아 버린 일종의 흐르는 존재 속으로. 창가에는 이라크 전쟁을 반대하는, 커다란 글자 'PACE'(평화)가 적힌 오렌지색, 붉은색 현수막이 펼쳐져 있었다. 우리는 성 미카엘 묘지에서 돌멩이를 쓰레기통에 던지며 농구를 했다. 어느 저녁에는 그때까지 한 번도 들어가 볼 용기를 내지 못했던 해리스바의 문을 열었다. 모든 손님들이 새로운 사람들에 무감각한 시선으로 우리를 보았다. 우리는 밖으로 나오자마자 웃음을 터뜨리며 도망쳤다. 호텔 방에서 M은 70년대 록스타처럼 상반신을 내놓고, 내 가발을 쓰고, 나방 선글라스를 썼다. 나는 그의 모습을 사진으로 남겼다.

한 번은 이런 생각을 했다.

옛날 결핵이 그러했듯이 암도 로맨틱한 병이 되어야 한다고.

이 사진들에 대한 글을 쓰면서부터 사진을 찍고 싶은 열망 같은 것에 빠졌다. 우리는 끊임없이 '우리를 찍고 싶다'는 욕구를 느낀다. 서로를, 저녁 식사를 하면서, 아침에 일어나서. 그것은 가속이 붙은 상실과도 같다. 상실에서 벗어나기 위해 수십 장의 사진을 찍는 것은 오히려 더 깊은 상실 속으로 파고드는 느낌을 준다.

카메라의 셔터는 이상한 욕망을 자극해서 한 걸음 더 나아가기를 부추긴다. 내가 사진을 찍을 때는 특히 카메라 조작, 줌 조절이 나를 흥분시킨다. 마치 남성의 성기를 가진 것처럼. (많은 여성들이 이런 감각을 느낄 것이라고 생각한다.) 매번 카메라의 셔터는 쾌락의 대뇌를 자극한다. 뇌로 즐기지 못하는 사람은 어쩌면 진짜 쾌락을 모를 수도 있다. (**예전에는** 이 모든 것을 분명 반과거, 이미 끝났거나 그렇다고 주장하는 순화된 시제로 썼을 것이다.)

팝니다

대부분의 사진들이 단 하나의 장소, 세르지를 배경으로 한다. 한데 모아 보니 같은 날에 찍었다는 것을 알수 있다. 형사과 사진으로 보일 수도 있을 것이다. 설명할 수 없는 이유로 우리의 몸이 증발하고, 남은 것은 옷뿐인 것이다.

수사관이 되어 보자. 그들은 옷을 버렸을까? 그렇다면 무슨 이유에서였을까? 누가 그들에게 강요했을까? 누가 사라지게 만들기 전 혹은 그 후에 옷을 벗긴 것일까? 범인은 누구일까? 그들은 육체를 가지고 무엇을한 것일까?

그러나 이 사진에는 내 옷들만 있다. 검은 청바지, 같은 색의 셔츠, 자잘한 무늬가 있는 분홍색 팬티. 바지는 땅에서 솟은 것이 아니라면, 마룻바닥에 들어간 것처럼 보인다. 그것의 위치와 형태를 봤을 때, 나 스스로 벗은 것이 아닌 게 분명하다. 장갑을 벗듯, 가죽을 단번에 벗겨낸 토끼 같다. 처음 그 광경을 목격했을 때, 나는 아

93

마도 겨우 10살 즈음이었을 것이다. 파리 북쪽 외곽 도시의 빌라촌이었다. 70년대 초반, 그때까지만 해도 파리 근교는 시골 같았다. 어쨌든 지금까지 대도시에서만 살았던 내게는 그랬다. 우리 이웃은 어머니가 어릴 때부터 알던 사이였다. 그 당시 그는 퇴직을 하고 텃밭에서 농사를 짓고, 가금 사육과 토끼 사육에 대부분의 시간을 보내고 있었다. 나는 살아 있는 토끼를 한 번도 본 적이 없었다. 죽은 토끼는 더 말할 것도 없었고. 그가 어떻게 토끼를 죽이는지, 큰 칼로 뒷덜미를 치고, 어떻게 가죽을 벗기는지 보여 주었다. 어쨌든 우리 집은 토끼를 먹지 않았다. 우리는 말고기를 먹었다. 거의 매일 저녁마다 넓적다리 혹은 골반 주변부 살을 먹었다. 우리는 도시에 하나밖에 없는 말고기 정육점, 뒤베르제 집으로 고기를 사러 갔다. 덩치가 큰 부부였는데, 정육점 주인에 어울리는 얼굴들이었다. 장을 볼 때면, 나는 자주 아버지를 따라갔다. 돕겠다는 명목이었지만, 사실은 뒤베르제 부인이라면 사족을 못 썼기 때문이었다. 피 묻은 블라우스 밑으로 보이는 그녀의 넓은 골반, 풍만한 엉덩이를 만지고 싶었다. 단 10초 만이라도… 결국 말고기 유행은 지나갔다. 값이 올랐고 부모님은 돼지고기, 쇠고기를 먹게 됐다. 토끼를 키우는 이웃의 뒷집으로 이사 온 뒤베르제 부부는 우리를 흘겨보기 시작했다. 그다음 해 그들은 가게를 접고 빌라를 팔고 부르타뉴로 돌아갔다. 그리고 어느 날 이웃이 죽었다. 그의 아내가 빌라를 지켰고 토끼는 사라졌다. 얼마 되지 않아 그녀가 죽고 자식들이 집을 팔았다. 탈농촌화가 시작되던 80년대 초였다. 거리에 팝니다라고 적힌 표지판이 늘어났다. 오래된 철로는 RER로 바뀌었고 역 부근의 가게들은 보험회사, 대행회사, 부동산 중개소에 매입됐다.

내가 팔아야 할 차례가 됐다. 그때 즈음에 이 사진을 찍었다. 나는, A가 자신의 어머니의 옷가지를 보관한 것처럼, 원피스, 블라우스, 스카프, 스타킹을 가방 안에 보관했다. 냄새를 핑계 삼아 – 탄 나무와 퀴퀴한 냄새, 라벤더 향의 오데 코롱이 섞인 냄새 – 열어 보는 일도 있다. 별안간 어머니가 살아계시던 시절로 되돌아가는 슬픔을 즐기기 위해서다.

언젠가 Y시에 간 적이 있다. 우리는 그녀가 부모님과 함께 자랐던 옛 카페 겸 식료품점 앞에서 걸음을 멈쳤다. 집은 팔기 위해 내놓은 상태였다. 거기서 나온 한 젊은 남자는 우리를 매입자들로 대했다. A는 집 구경을 썩 내켜 하지 않았지만 그래도 우리는 안에 들어갔다. 나는 그녀가 책에서 언급했던 세세한 것들을 찾아냈다. 나는 그녀가 느꼈을 감정을 알고 있었다. 우리는 그 이후로 어떤 면에서 동등함을 느낄 수 있었다.

이 바지에는 육체가 없다. 방이나 의자, 벽, 주방, 빈 껍데기와 비슷하다. 외부의 시선으로 봤을 때 그것은 그저 흔적에 불과하다. 그때 우리는 바로, 거기에 나타나 있지 않은 것들을 보게 된다. 이전에 일어났던 일과 도중의 일, 그리고 그 직후를.

Les mules blanches, début juin

6월 초, 흰색 뮬

노래 한두 곡

거실 응접실에서 이 밤의 무대를 비추는 또 한 번의 아침 햇살. 왼쪽에는 무늬가 있는 오렌지색 천을 씌운 커다란 소파, 오른쪽에는 파란색 카펫 위에 꽈배기 문양의 금색 다리가 달린 작고 낮은 탁자가 있다. 안쪽, 열려 있는 창문의 아랫부분과 타일을 붙인 발코니의 바닥, 등나무껍질로 만든 탁자의 다리. 창문 양옆으로 살짝 보이는 책꽂이의 마지막 칸, 짙은 파란색 커튼의 늘어진 자락. 장식이 가득 찬 이곳에서 옷 몇 개가 작고 연약한 무더기를 이룬다. 가벼운 여름옷들, 그러니까 소파 위에 셔츠나 검정 티셔츠 같은 것, 쿠션을 따라 미끄러지는 얼룩덜룩한 옷감, 같은 천의 원피스 혹은 치마가 카펫 위, 베이지색 바지에 감겨 있다. 굽이 높은 흰색 뮬 두 쪽이 소파를 향해 걸어간다. 조금 떨어진 곳에 하바나 모카신 한 켤레, 왼쪽 신발이 오른쪽 신발 위에 올라간 모습이 마치 교실에서 다리를 꼬고 답안지를 고심하는 청소년 같다. 탁자 위, 글자가 보이지 않는 신문, 재떨이 그리고 화이트 와인이 반쯤 채워진 잔 하나. 팔걸이 커버가 소파에서 떨어졌다.

사진에는 항상 시선을 붙잡는 디테일이 있다. 다른 것들보다 마음을 더 동요시키는 디테일, 예를 들면 흰색 상표, 타일 위에 구불거리는 스타킹, 둥글게 말은 양말, 짝을 잃은 양말 한 짝, 쇼윈도에 진열한 것처럼 마룻바닥에 컵이 납작하게 놓인 브래지어. 여기서는 창문 앞에 있는 흰색 뮬이 그렇다. 이미 여름 더위는 시작됐다. 그것이 계속 이어져 '폭염'이 되고 폭염이 끝난 후에는 수천 명의 노인들이 죽어 나가 일요일에도 묻히게 되겠지만, 오랫동안 보지 못했던 그저 아름다운 여름일 뿐이었다. 하얀 하늘 아래 세상은 비현실적으로 곳곳이 반짝일 것이고, 늘 그랬듯이 도덕성은 더위 속에 녹아 버릴 것이다.

우리는 밖에서 저녁을 먹을 것이고 나는 놀라울 정도로 가볍게, 이 하얀 뮬을 신고 정원으로 이어지는 계단을 내려와서, 전축의 노래를 크게 틀고, 그 순간 '또 한 번의 아름다운 여름'이라고 생각할 것이다. 내게는 아름다움, 희망, 슬픔을 가진 모든 것이 여기 이 단어 '여름' 안에 내포되어 있으니까, 내 가슴을 옥죄는 〈모니카와 보낸 여름〉〈그녀는 여름 한 철 동안만 춤을 췄다〉〈42년의 여름〉이라는 영화 제목들처럼. 프랑스어에서는 여름을 뜻하는 단어 자체가 이미 끝난 것 같은 느낌을 준다. 여름은 지나간 것일 수밖에 없다.[1]

나는 그렇게 행복할 수 있다는 것에, 마치 가을에는 젊음이 끝나 버리기라도 하는 듯이 모든 것을 당장 경험해야 했던 열여덟 살의 감정을 다시 느낄 수 있다는 것에 사로잡혀 버렸다. 우리는 정원에서 열린 창문 너머로 브라이언 페리와 엘튼 존, 폴라레프, 비틀즈를 들었다.

하얀 물은 격정 속에 걸음을 멈췄고, 음악은 조용해졌다.

잡을 수 없는 나날들이 지워지지 않도록 응축하고 간직하는 노래가 왜 다른 곡이 아닌 이 노래들이어야 했는지 그때는 알 수 없었지만, 우리들의 이야기가 있던 각각의 계절마다 노래 한두 곡이 남아 있다.

---

1 *프랑스어로 여름은 Été 인데, '있다 혹은 존재하다'의 의미로 쓰이는 'être' 동사의 과거형도 'été'로 표기한다. 즉 이미 과거에 끝난 일을 말할 때, 과거형 été를 쓰기 때문에, 여름을 뜻하는 단어가 지나간 것 같은 느낌을 준다고 말하는 것이다.

겨울에는

윌리암 쉘러 〈Un homme heureux〉

알랑 수숑 〈La vie ne vaut rien〉

봄에는

엘튼 존 〈The one〉

피오나 에플 〈I know〉

여름에는

브라이언 페리 〈These foolish things〉

가을에는

아르 멩고 〈Je passerai la main〉 (M은 아니라고 했다.)

엘튼 존 〈Tonight〉

또 다른 겨울에는

마할리아 잭슨 〈In the upper room〉

크리스티나 아길레라 〈The voice within〉

이 노래들은 언제나 M을 떠올리게 할 것이다. 다른
노래들이 내게는 다른 남자들을, 그에게는 다른 여자
들을 떠올리게 하는 것처럼. 우리는 노래들을 엄청나
게 질투해야 할 것이다. 쇼핑센터에서, 미용실에서, 우연히 그중 하나를 듣는 것만으로도, 구체적인 어느 날은 아니겠지만, 하늘의 변화와 대기의 온도, 세상의 다양한 사건들, 일상의 행동과 여정의 반복, 아침 식사부터 지하철 플랫폼의 기다림이 있는 시간으로 나를 데려가기에 충분하다. 그것들은 어느 소설 속에서처럼 녹아 버리고 만다. 단 하나뿐이던 긴 하루로, 춥거나 뜨거운, 어둡거나 밝은, 채색된 한 가지 감정, 행복 혹은 불행으로.

어떤 사진도 지속성을 나타내진 않는다. 사진은 대상을 순간에 가두어 버린다. 과거 속에서 노래는 확장되어 나가고, 사진은 멈춘다. 노래는 시간의 행복한 감정이며, 사진은 시간의 비극이다. 나는 종종 우리가 한 평생을 노래와 사진으로만 이야기할 수 있을 것이라고 생각했다.

[이 글과 연관된 어떤 노래를 떠올릴 수 있을까? 열심히 찾아봤지만 기억을 부를 만한 것이 아무것도 없다.『빈 옷장』이나『단순한 열정』을 쓸 때였다, 라고 말할 만한 노래는 전혀 없다. 내게 글쓰기란 모든 감각의 정지 상태다. 다만 그것을 탄생시키고, 일으킬 뿐이다.]

폭염

아침이다. 탁자 위에 지난밤의 흔적들이 있다. 분명히 가득 찬 재떨이, 반쯤 채워진 화이트 와인 잔, 내가 그곳에 벗어 둔 작고 둥근 안경, 틀림없이 우리가 옷을 벗기 시작했을 때였을 것이다. 거기, 대리석 위에, 섹스할 준비가 된, 눈이 어두운 흡연자의 첫 몸짓이 농축되어 있다. 담배를 끄고 안경을 벗지만, 그것 없이는 이 **공연**의 일부를 놓치고 말 것이다. 우리들의 신발은 우리가 또 다른 기후의 세계로 전복되었음을 알려 준다. A는 하얀색 뮬, 나는 모카신. 양말은 보이지 않는다. 안쪽 창문 옆, 면으로 된 가벼운 내 배기바지. 날씨가 더울 때면 A가 자주 입는 가벼운 치마 혹은 상의가 그 앞에 있다. 무더위가 찾아왔기 때문일 것이다. 3월 말부터 이미 폭염이 시작됐다. 내가 이렇게 정확하게 날짜를 기억하는 것은 오로지 책 박람회 덕분이라는 것을 깨닫는다. 그곳에 서명을 하러 간 A와 동행했다. 배경으로 얼핏 보이는 이 발코니에 있던 우리들을 회상한다. 일요일이었다. 옷을 입고, 차를 타고, 40km의 아스팔트를 달리며 상당한 양의 탄산가스를 비축한 후에 포르트마이요에서 주차할 곳을 찾고, 거기서 지하철로 포르트베르사이유까지 가야 한다고 생각하니 원하는 것은 한 가지뿐이었다. 바로 그곳에 가지 않고 햇살과 우아즈의 풍경을 즐기는 것. 우리는 스스로가 역사지리학 시험을 치지 않으려고 절망적으로 핑계를 찾는 중학생처럼 느껴졌다. 기억이 부정확한 나로서는, A가 수락했던 흔치 않은 의무와 초대에 응답하기 위해 여행을 떠났다는 사실로 사진 속 사건의 순서를 재구성할 수 있다.

각각의 사진들은 미적인 기준이 아닌, 우리들의 역사적 순간을 표현한 것이기에 고른 것이고, 그렇기 때문에 하나의 디테일이 주조를 이룬다. 그것은 소파 천과 카펫 그리고 A가 그날 저녁에 입었던 옷 사이의 색깔의 유희가 아니고, 낮은 탁자(옛날 피아노 의자?)와 색조가 비슷한 내 신발도 아닌, 바로 눈부시게 하얀 뮬한 켤레다. 한쪽이 다른 한쪽 뒤를 따라 걷는 것 같다. 어느 저녁, 실내가 아니라 정원에서 식사를 했다. 뮬이 소파로 향하는 것처럼 보이지만, 나는 무엇보다 그것이 계단을 내려오던 모습을 떠올린다. 그 계단은 벽이 코르크나무로 뒤덮인, 내가 '지하 납골당'이라고 부르는 공간으로 이어졌는데, 내게는 그저 우리들의 여름 풀밭 위의 저녁 식사를 위한 대기실일 뿐이었다.

창문 양쪽으로 거실 책꽂이의 첫째 칸이 보인다. 전체를 보면, 왼쪽에서 오른쪽으로 프랑스 문학, 외국 문학, 사회학 서적들이 있다. 모두 알파벳 순서대로 정리됐다. 나는 이것을 보면서 시립도서관처럼 배치한 책들 사이에서 구석구석 뒤지는 즐거움을 어떻게 조금이라도 느낄 수 있을까 궁금해졌다. 우리 집, 부모님 댁에는 비슷한 책들끼리 혹은 주제별로 나란히 꽂혀 있다. 토마스 만은 프루스트와 가까운 곳에, 피츠제럴드는 헤르만 헤세 옆에. 시간이 가고, 세르지에 자주 드나들면서 거기에 익숙해졌다. 그러나 내가 소유한 책들 대부분은 여전히 상자 안에 있기 때문에, 나의 '이상적인 문학 공간'이 무엇이 될지는 알 수 없다.

Chambre, fin mai début juin

5월 말 6월 초, 방

보이지 않는 장면

간결한 사진이다. 청소기 자국이 사방에 난, 색이 바 랜 녹색 카펫이 전체 면적의 대부분을 차지한다. 보이 지 않는 창문에서 들어온 빛이 그 위로 하얀 흐름을 만 든다. 안쪽 문간, 일종의 뽀얀 녹색 바다 위에, 중앙에 밝은색 얼룩이 있는 검은 무더기와 살짝 삐져나온 남 성용 모카신 두 쪽이 있는데, 그중 하나는 푸른색 물체 위에 놓여 있다. 전면 왼쪽으로 무늬가 있는 커다란 흰 색 침대 시트 자락이 주름이 잡혀 커튼처럼 떨어진다. 침대 시트 아래에는 스카프 두 개가 엉켜 있는데, 하나 는 얼룩덜룩하고, 다른 하나는 두 개의 색이 섞였다. 세 번째는 베이지색으로, 둘둘 감겨서 굵은 밧줄처럼 침 대에서 느슨하게 내려온다.

옷들의 구성은 어떤 것도 서로 비슷한 것이 없다. 매 번 하나밖에 없는 구조인데 - 너무도 당연하다 - 이유 와 법칙은 우리도 알 수 없다. 어쩌면 자연이란 사라진

신의 욕망, 그의 거대한 오르가슴, 분열된 빅뱅인지도 모르겠다. 세상의 근원에는 생명체들이 서로 끊임없이 반목한다는 같은 원칙이 있기 때문이다.

사진 속에 우리의 육체는 아무것도 없다. 우리가 나눈 사랑도 없다. 그 장면은 보이지 않는다. 그 장면의 고통은 보이지 않는다. 사진의 고통. 그것은 거기에 있는 것이 아닌 다른 것을 원하는 데서 비롯된다. 사진의 **필사적인** 의미. 우리는 구멍을 통해 시간의, 무(無)의 불변의 빛을 엿본다. 모든 사진은 형이상학적이다.

신약성서 요한복음에서는 마리아 막달레나가 죽은 그리스도를 보러 왔다가 빈 무덤을 발견했다고 전한다. 시체를 덮었던 천만이 남아 바닥에 놓여 있었다. 예수의 머리맡에 놓아두었던 수의는 *non cum linteaminibus positum, sed separatim involutum inunum locum*[1], 천과 함께 있지 않고, 따로 떨어진 곳에 개어져 있었다.

---

1 *뒤에 이어지는 문장(천과 함께...)의 라틴어 표현이다.

몇 개월 전 겨울, 우리는 몽파르나스 공동묘지에 있는 M의 조부모님 무덤에 갔다. 눈이 비석 전체를 덮어서 M은 우리가 서 있는 곳이 그들의 무덤인지 확신하지 못했다. 손으로 눈을 치워서 이름을 보려고 했지만 눈은 얼어 있었다. 나는 우리가 소지한 것들 중에서 얼음을 깰 수 있는 것이 있을까 찾아보았다. 가장 효과적인 것은 소변이었지만 그런 짓은 용납하기 어려웠다. 결국 M은 열쇠고리의 날카로운 부분을 이용했다. 그의 할아버지의 성함, 루이 마리, 그다음은 할머니, 마틸드 마리가 나타났다. 나는 그 자리, 비석 위의 내 이름을 상상했다. 선명하게 보였지만 현실은 아니었다.

우리들의 사진을 볼 때면, 나는 내 육체의 소멸을 본다. 그러나 그곳에 더는 내 손이나 얼굴이 없다는 것은 중요하지 않다. 걸을 수 없다는 것, 먹을 수 없다는 것, 성교를 할 수 없다는 것도 마찬가지다. 중요한 것은 사고의 소멸이다. 나는 몇 번이고 내 사고가 다른 곳에서 계속될 수 있다면 죽음도 상관없으리라 생각했다.

"당신은 곧 죽을 것처럼 글을 쓰고 싶다고 했잖아.

이제 정말로 그렇게 됐네, 자기야." 작년에 M이 한 말이다. 그는 2년 전, 내가 책에 쓴 문장을 언급했다. 내가 쓴 것은 사실이지만 그렇다고 달라지는 것은 없다. 그 문장을 썼을 때는 내가 죽을 수 있다는 것을 잊고 있었다. 진실이 죽음의 여하에 따라 찾아온다고 믿는 것은 대단한 착각이다. 그러니 나의 태도는 틀렸던 것이다.

나 자신의 죽음을 어떻게 생각해야 할까. 시체라는 물리적인 형태, 얼음처럼 차갑고 침묵하며, 후에 부패되는 것, 그런 것들은 내게 의미도, 소용도 없다. 확실한 것은 결국 그렇게 될 거라는 것이다. 나는 나의 죽음을 보았다. 그러나 나의 부재를 생각하는 것은 다르다. 냉혹하게 말해 나는 시간 안에 있는 육체다. 나 자신이 시간 밖으로 나가는 것을 생각할 **재간**이 없다. 우리를 기다리는 어떤 것도 생각할 수 없다. 그렇지만, 그렇기 때문에 더 이상 기다림은 없다. 기억도 없다. (2년 전에 지하철에 이런 광고가 있었다. '우리가 자신의 노화를 기억하는 일은 드물다')

이제 나는 과학적, 철학적, 예술적인 모든 연구를 정

당화할 수 있는 유일한 한 가지는 무(無)가 무엇인지 알려고 하지 않는 것임을, 그리고 무의 그림자가 어떤 형태로든 글을 따라 배회하지 않는다면 세상에서 가장 아름답다 할지라도 사람들에게 무용하다는 것을 이해하게 됐다.『페드르』,『고백록』의 6장,『보바리 부인』,『잃어버린 시간을 찾아서』,『구토』, 바흐, 모차르트, 앙투안 바토와 에곤 실레 그림 속의 그 그림자.

퀴리

이곳의 통일된 색은 - 흰색 침대 커버, 흰색 벽, 연한 녹색 카펫 - 방을 물질세계를 초월한 공간으로 변환시킨다. 내가 거기서 본 것은 더 이상 우리가 지나간 흔적들이 아니다. 우리들의 부재이자 우리들의 죽음이다. 다색의 스카프들은 침대 밑에 둥지를 틀고 기어오르는 괴물이다. 문간에 모여 있는 옷들은 보이지 않는 손에 붙들린 것 같다.

5월 24일, A의 마지막 항암제 링거를 제거했다. 그것은 한 시기의 죽음이다. 그리고 그와 함께, 모든 것들이 그 이전의 시기와 분리될 수 없는, 처음으로 찍은 사진들의 시간이 죽은 것이기도 하다.

4개월 전, 나는 처음으로 A와 함께 퀴리 병원에 간다. 그녀의 종양을 절제하기로 한 곳이다. 병원에 가기 직전에, 우리는 아무 일도 없다는 듯이 오데옹 카르푸에서 한 잔을 한다. 그녀가 전신마취 상태에서 수술을 받는다는 것, 그리고 그녀의 목숨과 우리의 관계가 수술의 성공 여부에 달려 있다는 것을 인지하고 있다. 나는 그녀 옆에서 울름 가를 걷는다. 그녀의 손을 잡고, 가볍고 쾌활한 어조로. 사회화된 인간이 순응한 듯 보였던 비극의 유혹은 서로가 만났다는 천진한 환희로 바뀐다. 계획한 것은 아니지만, 우리는 시간적인 가치의 기초가 되는 것들을 잠시 미뤄둔다. 눈에 보이는 종착역이 없는 여정이다. 병원 문 앞에서 나는 A를 안내데스크에 두고 돌아가려고 한다. 그곳에서는 내가 할 일이 없으니까. 그러나 우리는 서로 걸음을 떼지 못한다. 그녀는 수술 동의서를 작성하고, 몇 층으로 가야 하는지 안내를 받고, 나는 그녀를 따라간다. 지붕이 보이는 그 방까지.

그 후로는 기억이 전혀 없다. 저녁이 될 때까지 그녀의 곁에 남아 있었다는 것밖에는. 그곳에서 나의 존재는 그녀의 존재만큼이나 지극히 당연한 것처럼 보인다. 다음날 그녀는 수술을 받는다. 나는 날마다 RER을 타고, 뤽상부르 역에서 내린 후, 나머지 길은 걸어간다. 길, 상점, 점심시간에 근처 직장인들로 붐비는 레스토랑이 점점 눈에 익는다. 생자크 가와 게뤼사크 가 모퉁이에 있는 청과점의 상호는 내 성과 같다. 나는 항상 그곳의 간판을 석연치 않게 보고는 한다. 그녀에게 늘 도착을 미리 알린다. 내가 병실에 들어가면 그녀는 항상 가발을 쓰고 있다. 그러나 세르지에서 처음으로 몇 번의 밤을 보내면서, '보부아르 스타일'로 쓴 터번이 흘러내렸을 때, 나는 그녀의 민머리에 내 볼이 닿는 매끄러운 감촉을 여러 번 느낄 수 있었다. 우리는 대화를 나누고, 많이 웃고, 내가 그녀에게 선물한 마츠네프의 책에 관해 이야기한다. 토요일에는 눈이 지붕을 덮었다. 그 풍경을 함께 보면서도 그녀가 느끼는 감정에 대해 묻지 않는다. 우리는 **순간**에 머무른다.

죽음의 가능성에 모든 것이 달린 순간을 우리는 그리워할 수 있는 것일까? 그것이 퀴리 연구소 병원에서 보낸 행복한 나날들을 기록한 이 사진들이 내게 말해주는 것이다.

Bruxelles, hôtel des Écrins, chambre 125, 6 octobre

10월 6일, 브뤼셀, 에크랑 호텔, 125호

그런데 그녀는 못생겼잖아!

검은 바탕에 이상한 녹색 물체가 있다. 둥그스름한 형태에 가장자리는 어둡고, 얼룩이 있으며 발이 달렸고 노란 불빛이 나온다. 잘린 성기의 우스꽝스러운 독버섯 같다. 늘어진 버섯의 갓에 있는 짧고 굵은 돌기 같은 것 때문이다. 혹은 안테나로 쓰일지 모르는 정체불명의 장치를 머리에 달고, 밤을 밝히는 기구 위에 앉은 화성인 같다.

사실은 아주 평범한 나이트 램프다. 전구에 양치용컵을 씌웠고, 그것을 다시 덮은 때수건이 한쪽으로 떨어진 것이다. 녹색을 내는 것이 컵인지 때수건인지 모르겠다. 이 방의 조명이 너무 강해서 더 은은한, 사실상거의 꺼진 불빛을 만들기 위해서는 이 방법밖에 없었다.

6월 말 이후로 사랑을 나누고 처음 찍은 사진이다. 7월에서 10월까지 단 한 장의 사진도 없다. M은 칼스루에, 몽펠리에, 모리타니로 자주 떠났다. 나는 그에게 다른 여자가 생겼다고 의심했다. 그러나 그저 찌는 듯한 더위에 벗을 것이 별로 없었다는 것이 어쩌면 사진이 없는 이유일 수도 있다.

두 달 전에 항암치료가 끝났고 머리카락이 5cm 자랐다. 우리가 브뤼셀에 머물던 사흘 동안 거의 멈추지 않고 칼바람과 함께 비가 내렸다. 우리는 오줌싸개 동상 옆에 있는 포셴넬라켈더 카페를 다시 찾았다. 손님 두 명이 바 맞은편 긴 의자에 앉아 술을 마시고 있었다. 움직이지 않는 것이 이상했는데 결국 밀랍인형이라는 것을 알게 됐다.

오래된 음반 가게에서 에디트 피아프 45rpm 레코드판 재킷을 알아봤다. 내가 16살 때, 〈어느 날의 연인〉이라는 노래 때문에 샀던 파란색 재킷이다. 나는 그 음반을 누군가에게 줬거나 팔았을 것이고, 그 후로 이 45rpm은 '음질이 좋은 노래'가 아니라고 무시를 받게 됐다. 거기, 브뤼셀의 가게에서 나는 그 레코드판이 갖고 싶어졌다. 〈어느 날의 연인〉 때문이 아니라 – 너무 많이 들어서 이 노래의 감정은 내게 고갈되었다 - 파란색 앨범 재킷과 완전히 잊고 있던 또 다른 노래, 〈갑자기 계곡〉 때문이었다. M은 내게 그것을 선물해 줬다.

10월 7일, 그는 확고하게 말했다. "나는 단연코 당신만큼 페미니스트인 여자를 본 적이 없어." 나는 그에게 설명을 요구하지 않았다. 순간, 우리가 서로 낯선 사람인 것처럼 느껴졌다. 사실상 나는 페미니스트가 아닌 것이 무엇인지, 페미니스트가 아니라고 하는 여성들이 어떻게 남성들을 대하는지 알지 못한다.

같은 달에 M의 책을 펼쳤다가, 젊은 여자가 어린아이와 나이든 여자와 함께 있는 사진을 보게 되었다. 그 젊은 여자가 그의 전 부인이라는 것을 깨닫기까지 약간의 시간이 필요했다. 관계 초반에 M은 그녀에 대해 "몸은 예쁜데 얼굴은 그저 그렇다"라고 말했었다. 이 사진들 앞에서 내 첫 번째 반응은 승리감이었다. 그녀의 코, 턱, 디테일한 부분들을 살피며 말했다. "그런데 이 여자 못생겼잖아!" 그리고 그 여자를 완벽한 이미지로 만들어내서 스스로 열등감을 느낀 나 자신에게 화가

났다. 그 뒤로는 슬픔이 나를 사로잡았다. 내게 최악은 이런 못생긴 여자를 M이 사랑했다는 사실이었다. 내게는 그녀를 향한 그의 사랑이 더 잔인하게 느껴졌다. 나는 차라리 그녀가 아름다웠으면 했다. 그 여자를 향한 그의 애착이 평범하면서도 객관적인, 외모라는 이유로 설명될 수 있을 테니까.

나는 감정의 언어를 '믿으면서' 사용할 줄을 모른다. 시도를 해봤지만 부자연스럽게 느껴졌다. 내가 아는 것은 사물의 언어, 물질적인 흔적의 언어, 가시적인 언어다. (그 언어들을 단어로, 추상적인 것으로 바꾸는 것을 멈추지 않음에도 불구하고) 내게는 사진을 바라보고 묘사하는 것이 그의 사랑의 존재를 확인하는 방법이 아니라, 명백한 것들 앞에서, 사진을 구성하는 물질적인 증거 앞에서, 내가 절대 답을 찾을 수 없는 '그는 나를 사랑할까?'라는 질문을 피하는 방법인 것 같다.

톱 나인

벽지는 끔찍했다. 방에서 함석지붕이 보였다. 우리는 강렬한 조명을 누그러뜨리려고 전등에 때수건을 덮은 양치용 컵을 씌웠다. 나는 전등이 타면서 우리도 함께 탈까 봐 무서웠다.

오후에는 3월에 왔을 때 겨우 입구에만 갔었던 미디가를 다시 찾았다. 증권 거래소와 루프광장을 잇는 이 서민적인 동네에, 80년대에는 만화 전문 서점들이 넘쳐났었는데 이제는 겨우 미키마우스 간판 두세 개만 남았다. 나는 옛 단골집, 크레페 가게에 A를 데려가고 싶었지만 그곳도 역시 사라지고 유행하는 바가 자리를 차지했다. 위클로 내려가는 버스 종점 주변에 있던 비위생적인 건물들은 개축됐다. 건물 외관만을 남기고 모두 바꾸는 공법, 브뤼셀의 오랜 기벽이다. 그렇지만 그것이 거슬리지는 않았다. A와 함께 브뤼셀에 온 것은 내가 택한 도시를 재건하는 것이었고, 내 어린 시절에게 소멸할 권리를 주는 것이었다.

7월에서 10월 사이 공백이 있다. 그 여름, 우리가 찍은 몇 장 되지 않는 사진들 중에 바닥에 떨어진 옷들이 나온 것은 단 한 장도 없다. 우리가 다시 볼 수 없었다는 것은, 그러니까 일어난 적이 없었다는 것이다. 게다가 나는 봄에 일기를 쓰는 것도 중단했다. 고로 흔적은 없다.

유일하게 생각나는 장면은 세르지에서 보낸 몇 번의 저녁과 비현실적인 후광으로 둘러싸인 대낮의 숨막히는 더위다. 낮에는 A가 쇠고기의 질긴 부위 혹은 싱싱한 도미를 사 왔다. 집 아래쪽 잔디밭이 완전히 그늘로 덮이면, 나는 바비큐를 준비하기 시작했다. 흰색 칠을 한 정원용 철제 테이블과 어울리는 의자 네 개, 음악이 들리도록 지하실 창문은 활짝 열어 두었다. 매번 인터넷에서 불법으로 다운받은 곡들을 미리 CD에 구워 왔다. 스탠다드 재즈, 프랑스 샹송, 팝. 그 밤들 동안에 10여 개의 노래를 들었는데, 그중 몇 개만이 세상의 걸음으로부터 완전히 물러난, 충만하고 뜨거웠던 시간의 본질을 밝히는 것 같았다. 때로는 봄에, 때로는 그다음 겨울에 녹음된 노래가 같은 시공간 속에 섞이면서 착각이 만들어낸 감정이었다. 내가 유일하게 확신하는 것은 우리들의 눈에 다른 어떤 것들보다 상징적인, 남다른 특징을 입은 노래들이 있었다는 것이다. 좋아하는 순서만큼 연대순으로 뽑은 우리들의 탑 나인은 다음과 같다.

윌리암 쉘러 – 〈Un homme heureux〉

브라이언 페리 – 〈These foolish things〉

더 비틀즈 – 〈She's leaving home〉

아트 멩고 – 〈La mer n'existe pas〉

딕 안네그안 – 〈Bruxelles〉

엘튼 존 – 〈The one〉

피오나 애플 – 〈I know〉

또 엘튼 존 – 〈Tonight〉

크리스티나 아귈레라 – 〈The voice within〉

너무 많은 노래들이 우리의 동반자가 되어 관계 속에 뿌리를 내렸고, 그녀가 나를 세르지로 데려가지 않으면, 이 노래들을 들을 수 없는 형을 스스로에게 내리게 됐다. 영원히 *ad vitam aeternam*[1]. 내가 박자 하나하나를 알고 있는 노래들은 대부분 장소와 분위기에 완벽히 어울리는 듯했다. 촛대, 프르미에르 코트드블라이 그리고 존재를 드러내지 않는 우아즈 골짜기의 밑바닥. 저녁마다 불이 켜진 오래된 세르지 교회의 종탑, 경기가 있는 날, 이웃이 현관 앞에 설치한 티브이 소리를 덮으려고 볼륨을 최대로 올린 전축.

우리들의 저녁 파티에, 한 손에는 바비큐용 포크를, 다른 한 손에는 헤어드라이어를 들고, 바비큐 앞에 동상처럼 서 있던 내 모습을 생각하면 즐거웠다. 결국 나는 거기서 200m 혹은 10km 떨어진 곳에서, 같은 도구를 들고 있는 이들보다 더 나을 것도 더 못할 것도 없었다. 그러나 이 가정적인 무기의 상징적인 가치 뒤에는, 내가 있는 그곳의 현실이 있었다. 내가 사용하기 전에, 그 바비큐는 치워 놓은 것처럼 벽에 붙여 정리되어 있었다. 조금 녹슨 도구로 오랫동안 사용되지 않은 듯했다. 바로 옆에, 바짝 마른 장작더미는 몇 년 전부터 벌집이 생겨 쓸 수 없는, 켜지지 않을 벽난로의 불을 기다리는

---

1 *'영원히'라는 뜻의 라틴어.

것처럼 보였다.

　잔디밭에서 저녁을 먹기 시작했을 때, 마치 A가 이혼 이후에 자신의 삶에서 이런 가족적이고 오락적인 면에 벽을 쌓아두기라도 했다는 듯이, 이 장소들을 이용하는 것이 아니라, 이곳에 두 번째 삶을 주고 있는 듯한 느낌이 들었다. 아마도 그렇게 생각하는 것은 내 잘못이리라.

Chambre, matin de noël

크리스마스 아침, 방

처음으로 한 남자와 함께

바닥에 밀착하여 찍은 사진이다. 다리와 꼬임 기둥 헤드에 흰 칠을 한 3/4 사이즈 침대[1] 오른쪽의 반과 카펫이 그늘에 잠겼다. 침대 중앙에 산처럼 솟은 뒤죽박죽된 이불은 침대 다리에서 무너진다. 빛에 의해 표백된 카펫 위, 침대 밑에서 반만 나온, 굽이 매우 높은 검은 스트랩 하이힐은 쇼윈도에 진열된 하나뿐인 모델처럼 서 있다. 또 다른 쪽 하이힐은 침대 밑, 그늘 속에 엎어져 있다. 안쪽, 창문이 발코니의 난간을 향해 열려 있고 뒤로는 하늘이 보인다. 카펫과 하늘이 똑같은 옅은 색이어서 방이 하늘에 떠 있는 것 같다. 이 장면에서 편안함 같은 것이 느껴진다. 침구류 카탈로그 광고 속 그것과 닮았다. 침대와 창문 사이에는 거의 식별하기 힘들지만, 고양이 '교'의 하얀 뒷발이 있다. 이 사진 속에 M의 소유인 것은 아무것도 없다.

---

1 *슈퍼 싱글 사이즈 침대.

또 다른 방 하나가 이것과 오버랩된다. 같은 포근함을 지닌, 어느 겨울의 퀴리 병원, 3층 병실. 오늘 나는 그 방에서 루앙 시립병원 병실을 떠올렸다는 것을 기억한다. 23살, 낙태 수술을 받은 직후였다. 자신이 살아온 지난 인생을 태어난 순간까지, 액자 속에 액자가 연속적으로 이어지는 상자처럼 볼 수는 없을까. 캠코더에 엉망으로 녹화된 영상처럼 뿌옇게, 완전히 불투명해질 때까지.

여러 해 동안 나는 남편과 함께 이상적인 침대를 찾았다. 『마리끌레르』에서 봤던 브리짓 바르도의 침대, 나폴레옹 3세의 거대한 침대와 비슷해야 했다. 침대를 찾을 때까지는 심플한 침대 밑판과 매트리스 위에서 잤는데, 다리 네 개 중 하나가 부서져 뒤집은 냄비로 대체했다. 그 위로는 문고판 『비단구두』가 있었다. 나는 매번 그 책을 보면서 지드의 말을 떠올렸다. "한 짝만 있어서 다행이네."[2] 우리는 결국 포부르생앙투안느 가에 있는 한 작은 가게의 카탈로그에서 그 침대를 발견

---

2 *오데옹에서 7시간 동안 이어지는 <비단구두> 공연을 본 앙드레 지드가 한 말이라고 한다.

했다. 기둥이 있고, 조각이 새겨진 창살 프레임 헤드가 거의 천장까지 닿는 침대였다. 스페인에서 제조된 모델이어서 주문을 해야 했고, 6개월을 기다렸다. 침대가 도착했을 때, 우리는 다섯 달째 더는 섹스를 하지 않은 상태였고, 그로부터 3년 후에 헤어졌다. 나는 침대를 그대로 두었다. 사진 속의 그 침대다.

십 대 시절 내 상상 속의 섹스는 숲이나 밀밭 혹은 바닷가에서였다. 나는 창녀들이나 '문란한 삶을 사는 여성들'이 하듯이, 침대에서 남편이 아닌 남자와 부모님처럼 자는 일은 있을 수 없다고 생각했다. 17살, 나는 한 남자애와 침대에서 꼬박 하룻밤을 함께 보냈다. 그 일의 영향력과 놀라움을 정확하게 말해 주는 표현이 있다. 'ne pas en revenir'[3] 문자 그대로 나는 결코 되돌아오지 않았다. 나는 한 번도 그 침대에서 일어난 적이 없다.

처음으로 남자와 함께 자는 기묘함. 나는 아마도 부부 침대의 익숙함보다 예측하지 못한 침대에서 되살아나는 놀라움을 더 잘 알고 있는 첫 번째 세대의 여성일

---

3 *'어안이 벙벙하다', 혹은 '지나치게 놀라다'라는 표현으로 쓰이지만, 'revenir'라는 동사에 '돌아오다'라는 뜻으로 쓰이므로, 단어 그대로 직역하면 '되돌아오지 않는다'가 된다.

것이다.

오랫동안 우리는 침대를 쉽게 보여 주지 않았다. 여자가 하루 종일 침대를 정돈하지 않는 것은 가까운 이들에게는 나태함의 증거이며, 집안을 돌볼 능력이 없다는 분명한 신호로 여겼기에 모두에게 비난의 눈초리를 받았다. 몸이 남긴 얼룩과 흔적이 있는, 구겨지고 벗겨진 침대를 부끄럼 없이 보여 주다니. 침대 시트와 이불을 창문으로 힘차게 털어서 침대를 **다시 덮어야** 했다.

나는 이불을 제친 침대에서 얼룩 읽는 법을 배웠다. 잡지 속 '원상 복귀'를 위한 조언대로, '**얼룩의 성질에 따라**' 닦고 세탁하는 의무를 전수 받으면서 모든 여자들은 얼룩을 읽게 된다.

우리는 사진 촬영을 계속한다. 어떤 장면도 절대 서로 비슷하지 않기 때문에 무한적으로 계속할 수 있는 행위다. 유일한 한계는 바로 욕망이다. 그러나 우리는 우리가 발견한 광경을 더는 같은 방식으로 보지 않는 것 같다. 장면을 응시하게 했던 그 고통도 더는 없는 듯하다. 사진을 찍는 것은 더 이상 마지막 몸짓이 아니다.

그것은 우리들의 글쓰기 작업의 일부다. 순수한 형태
는 사라졌다.

진짜 가족

이 사진을 보면서 누가 크리스마스 아침이라고 생각할 수 있을까?

일 년 전, 그러니까 우리가 만나기 며칠 전에, 나는 A에게 메일을 보내 축제 기간을 좋아하지 않는다고 말했다. 크리스마스 자체가 아니라, 그것을 둘러싼 상점들의 야단법석과 11월 중순부터 사람들을 사로잡는 소비 열풍이 거슬리는 것이다. 그녀의 답장의 어조를 봤을 때, 우리가 같은 생각을 했음이 분명했다. 나의 경우는 헤어지게 될 아내의 가족들. 그녀의 딸, 그녀의 아버지, 그녀의 외할머니, 가톨릭 신자인 그녀의 이모와 함께 크리스마스를 준비했다. 내 자리가 아닌 것 같았고, 우리 커플은 갈라서는 중이었는데 기분 좋은 척을 했던 괴로운 기억이다.

어린 시절 이후로는 행복한 크리스마스의 기억이 없다. 파리에 살았던 조부모님은 해마다 브뤼셀까지 오셨고 며칠을 머무르셨다. 나는 진짜 가족이라는 쇼윈도를 보듯이 그들을 회의적으로 바라보았다. 그들이 떠나야만 하는 순간이 두려웠다. 몇 년이 지난 후, 아버지가 돌아가시고 열다섯 번의 크리스마스를 보내는 동안, 나는 어머니에게 파티의 시간, 사라진 미소를 돌려드리려 해봤다. 어머니도 나도 그 시늉에 속진 않았지만 그런 척을 했다. 그것 밖에는 달리 아무것도 할 것이 없었으니까.

창문으로 강렬한 빛이 들어온다. 어디에서도 추위를 느낄 수 없다. 침대 다리 뒤, 그곳에 슬그머니 발을 집어넣은 것이 교라는 것을 짐작할 수 있다. 나는 그 모습을 파인더로 발견했고, 언제나 교가 제외되었던 그 순간들 중에 한 번쯤은 교를 담고 싶어졌다. 내 옷들은 보이지 않는다. 아마도 항상 방의 가장 왼편에 있는 의자 위에 놓여 있을 것이다. 같은 시간, 1층 거실에 크리스마스트리가 있었고, 그 밑에 우리들의 신발 두 켤레가 놓여 있었는데, 침대 밑에는 A의 하이힐뿐이다. 마치 내가 그곳에 없었던 것처럼. 그 모든 기쁨 없는 크리스마스에 내가 부재했던 것처럼.

Chambre, matin de noël, suite

크리스마스 아침, 방, 속편

내 몸이 아니다

바랜 녹색 카펫을 배경으로 보라색, 분홍색 그리고 검은색이 섞인 브래지어와 폭이 넓은 자수 레이스 장식이 달린 스타킹, 가터벨트가 불안하게 뒤죽박죽 섞여서 꽃 모양을 이룬다. 한쪽 컵이 뒤집어진 브래지어가 큰 안경처럼 그 위에 얹혀 있다. 옷더미에서 나온 가터벨트의 망사와 끈이 8자를 그린다. 그 옆으로 검은색 바탕에 흰색 줄무늬가 있는 M의 티셔츠가 펼쳐져 있는데, 또 다른 어두운 꽃처럼 주름이 잡혔다. 중앙에는 작고 하얀 화살표(상표)가 있다. 쿠션의 오렌지색 띠를 제외한 다른 모든 물건들은 이곳에 없다. 점점 더 상품화되어 평범해져 가는 에로틱한 연극의 은밀한 액세서리들과 큰 사고가 나면 사람들에게 티팬티와 스타킹을 입은 모습을 보일까 봐 무서워 차를 탈 때는 입기 질색하는, 글을 쓸 때도 마치 그것이 나를 방해하는 것처럼 절대 입지 않는 상투적인 복장뿐이다. 이 속옷들이 여전히 변장처럼 보이는 것은, 아마도 코르셋과 검은색 스타킹 차림의 창녀들이 나오는 〈외인부대〉를 상영했던 극장을 나오면서, 14살에 그녀들 중 한 명처럼 수영복과 천 조각으로 그럭저럭 변장을 하고 군인들이 다니는 술집의 구슬 커튼을 열었다가, 막 들어온 남자 뒤에서 다시 커튼을 닫는 내 모습을 상상했기 때문일 것이다.

이 사진을 보며 나는 아무것도 느끼지 못한다. 굳이 말하자면 이 허물이 피운 꽃에서 내가 본 것은 나 자신, 내 몸이 아니라, 지난겨울, 트루아퐁텐느 오르칸타 상점의 쇼윈도에 있던 리스 랴멜 브랜드의 이 분홍색과 보라색 꽃무늬의 검은색 가터벨트와 브래지어, 티팬티를 입고 있던 마네킹이다.

세일이 시작됐다. 쇼핑센터의 상점마다 옷들이 넘쳐난다. 오늘 오후에는 Mango(망고)의 지하로 내려갔다. 여자들과 매우 어린 소녀들이 이동식 선반에 있는 티셔츠들을 휘젓고, 행거에 걸린 원피스들을 강박적으로 훑었으며, 옷걸이를 빼고, 시끄러운 랩의 리듬을 따라 (본래 저항을 위한 이 음악이 이제는 이렇게 소비자들을 최면 상태에 빠뜨리는데 사용되는 것일까?) 달려가 탈의실 앞에 줄을 섰다. 여자들의 아수라장 속에 갇힌 기분이었다. 나는 이성이 마비된 분주함과 세상에서 상의를 30% 할인가에 소유하는 것보다 더 중요한 것은 아무것도 없는, 나 자신도 이미 먹이가 되었던 이 갈망을 혐오했다. 나는 그 가게에서 봤던 유일한 남자, 입구에서 백 보를 걷던 흑인 경비원을 지나쳐 재빨리 밖으로 빠져나왔다. 나는 세일이라는 상품이 자본주의에 의한 인간의 가치하락과 사물, 보수가 매우 좋지 않은 일에 대한 모독으로 이뤄진 매혹적인 형태가 아닐까 생각한다. 그리고 이 특징 없는 옷들과는 거리가 먼, 사랑을 나눈 후 버려진 우리들의 옷들의 작품들을 다정하게 생각했다. 이들의 사진을 찍는 것이 내게는, 자신에게 가장 가까이에 있는 사물들에게 존엄성을 돌려주는 것이자, 어떤 면에서는 우리들의 **신성한 제복**을 만들려는 시도로도 보였다.

로마의 라르고 토르델아르젠티나 근처의 길에 성직자들의 옷을 파는 고급스러운 가게, '드리티'가 있다. 쇼윈도의 왼쪽은 남자들의 장신구와 흰 제복, 화려하게 자수를 놓은, 분홍색, 은색, 금색의 상제의가 있다. 쇼윈도의 오른쪽은 여성용으로, 스커트, 블라우스, 볼품없는 카디건, 밤색, 짙은 파랑, 50년대 지방에서 유행한 시민 복장뿐이다. 수컷은 깃털이 화려하고 암컷의 깃털은 윤기가 나지 않는다는 자연의 법칙을 다룬 이론에 충실한 교회는 유혹과 아름다움을 남성들의 전유물로 여겨왔다. 12월 31일, M과 나는 한 종교인 여성이 여성용 쇼윈도 앞에서 멈춰 선 모습을 관찰했다. 그녀는 몇 분 동안을 바라보다가, 억제할 수 없는 욕망에 끌려 움직이는 듯 단호하게 안으로 들어갔다. 우리는 그녀를 밖에서 엿보았다. 그녀는 계산대에 회색 카디건을 내밀었다.

거울에

사진은 늘 거짓을 말한다.

나는 행복해하는 자녀들 곁에서 피서를 즐기는 부부들의 휴가철 사진을 보며 자주 놀라곤 했다. 우리는 그들이 부럽다고 말한다. 10일 후, 그 두 사람이 헤어졌다는 것과 그 후로 6개월 동안 아이의 양육권을 두고 다퉜다는 것, 이케아 액자를 떠난 사진이 결국 상자 속으로 들어갈 것이라는 것을 잊은 것이다.

내게는 고독을 재현하는 이전 사진을 같은 방, 같은 순간에 찍은 이 사진이 반박한다. A의 속옷은 커다란 오렌지색 쿠션 아래, 내 팬티 옆에 있다. 이곳에는 우리들의 육체적인 사랑의 가장 원시적인 구현과 떨어진 속옷, 궁극의 전조 그리고 내 사춘기의 망각이 있다.

열다섯 살에 나는 다리를 간지럽히는 테르갈 소재의 바지를 입었다. 나는 청소년 문화회관 난간에 팔을 기댄 채로 오랫동안 서서, 생텍쥐베리 중학교 문이 열리기를 기다리는 친구들을 보았다. 나는 거리를 유지했다. 그들은 한쪽은 남자애들, 다른 한쪽은 여자애들로 무리를 지으며 그곳에 있었다. 대부분이 501과 미군 군수물자를 파는 상점에서 찾아낸 카키색 셔츠를 입었다. 그들 속에 섞이고 싶었지만 방법을 몰랐다. 나는 나일론 셔츠와 좋은 점수를 받은 과제물만으로도 단번에 배제되었고 모든 유의 괴롭힘을 받게 됐다. 내 꿈은 청바지를 갖는 것, 내가 그것을 직접 고르는 것이었다. 청바지를 입는다는 것이 어떤 것인지, 바지 안에서 어떤 느낌이 나는지조차 몰랐다. 내가 그들의 무리에 들어가려면 그들만의 유니폼을 입어야 했다.

아버지에게 물려받은 내 외모만큼이나, 저녁에 잠자리에 들기 전, 옷을 벗는 것이 싫었다. 내 신체는 **내놓기에** 적절한 것이 아닌 것 같았다. 그럼에도 불구하고 나는 거울 앞에 뒤돌아서서 목을 비틀어 내 엉덩이가 어떤지 보려고 했다.

나를 보는 일은 끔찍했다. 근육과 털이 없고, 튀어나온 갈비뼈와 남자애치고 너무 넓은 골반밖에 보이지 않았다. 그러나 매일 밤, 나는 그 짓을 다시 시작했다. 거울에 비친 상으로만 존재하도록 귀착된 것이, 부모님이 구상하고 만든 모델, 천주교 학교 학생의 요란한 옷을 벗어 던지고 나체로 있다는 것이 어떤 면에서는 내게 위로가 됐다. 그토록 추하다고 여겼던, 타인에게는 보이지 않는 내 몸은 나만의 것이었다.

이 사진들도 마찬가지다. 내게 보여주지는 않지만, 나는 정면으로 거울을 마주하고 있다.

La rose des sables, 7 janvier 2004

2004년 1월 7일, 사막의 장미

사진의 역설

　노란 벽면을 따라 추락한 것처럼 보인다. 머리가 크고, 심장 모양의 돌기로 끝나는 위축된 몸을 가진 검은 짐승, V자 형태로 접힌 물건, V자로 비틀어진 부츠, 커다란 사막의 장미[1]. 그 밑으로 완전히 접힌 또 다른 부츠는 이미 희끗한 바닥에 착지했다. 노란 벽과 흰 바닥이 서로의 연장선에 있는 이 사진에는 어떤 원근감도 없다. 모든 것이 평면적이고, 무게가 없으며, 비물질적이고, 길고 느린 하강 속에서 포착된 듯하다. 모차르트의 레퀴엠 음악을 배경으로 지옥을 향해 선회하는, 마르셀 브뤼왈이 연출하고 미셸 피콜리가 연기한 돈 주앙의 이미지다.

　M의 사진은 화랑에 걸린 추상화 작품을 찍은 것 같다. 방의 노란 벽과 아침 햇살이 지나간 길을 따라 표백

1　*주로 사막에서 발견되는 암석으로, 이 모양을 따라 만든 프랑스식 과자 역시 '로즈데사블' 사막의 장미라고 부른다.

되어 색이 다른, 두 개의 구역으로 나뉜, 우리들의 속옷과 부츠가 어질러진 녹색 카펫을 단번에 대입하는 것도, 사막의 장미 속에서, 너무 짧아서 그때 한 번만 입었던 원피스를 알아보는 것도 불가능하다. 그 원피스는 버클에 끈을 넣어서 묶는 리본이 여러 개 달려 있었는데, 내가 어떻게 몸을 뒤틀면서 벗을 수 있었는지 궁금하다. 모든 것은 미화됐고 비현실적이다. 우리의 사랑에 현실성을 더하기 위해 찍은 이 사진의 역설은 그것이 사랑의 현실감을 잃게 만든다는 것이다. 이 사진은 내 안의 어떤 것도 깨우지 않는다. 여기에는 더 이상 생명도 시간도 없다. 여기에서 나는 죽었다.

우리들의 이야기

A의 원피스로 사진에 이름을 붙일 수 있었다. '사막의 장미'. 색깔과 오그라들어 있는 모양 때문이다. 계절과 상관없는 원피스로 매우 짧다. 지나치게 짧다. A가 그 옷을 다른 날 저녁에 입었던 것 같지는 않다.

사진을 찍기 위해 침대 위에 올라가야 했다. 그 순간, 너무 아름다웠다. 지나칠 정도로. 결국 이 사진은 그 자체로 우리 작업의 한계를 안고 있다. 즉, 미적인 것을 추구하는 곳에는 의미가 결여된다.

처음 찍은 사진들은 디테일로부터 탄생한 것이다. 나는 정확한 지점에 프레임을 맞추고 필름의 감도보다 사진기의 감도를 높이면서 가능한 플래시를 사용하지 않으려 했다. 그다음에는 시야가 넓어졌다. 그러니까 더는 하나의 옷에 다른 옷을 비교하는 단순한 대조나 신발 가죽에 반사되는 자연광이 아닌, 우리만을 위해, 이제 막 우리가 연기한 작품, 극작법의 다양한 결을 모두 담기 위해 포착하고자 하는 장면 전체를 보게 된 것이다.

여러 달 동안 A는 모든 초청을 거절했다. 화학요법, 방사선요법 때문에 잠깐 외국에 나가는 것도 불가능했다. 여행을 할 수 있게 되자마자 우리는 바로 떠났다. 짧은 시간 간격을 두고 여러 번 여행을 했다. 매 순간 극도의 쾌락에 이르기 위해 놓쳤던 시간들을 만회해야 했다. 그러나 프랑스로 돌아갈 때면, 우리가 경험했던 것들의 덧없음을 인식했다. 나는 5층, 내 작은 아파트로 돌아왔다. 행복을 붙잡아 둘 수 없음에 절망하며.

돌아온 어느 날, 어느 때보다 더 흐렸던 날, 나는 사진들을 다시 꺼냈다. 여행 사진이 아니라 이 사진들이었다. 그리고 슬픔이 누그러졌다.

사진들을 한 장씩 나란히 붙여놓고 나니, 내게는 일기장만큼의 가치가 있는 것으로 보였다. 2003년의 일기. 사랑과 죽음. 그것을 내놓기로, 책으로 만들기로 한다는 것은 우리들 역사의 한 자락을 봉인하는 것이다.

이 사진들이 무엇인지 모르겠다. 무엇을 구현하는지는 알지만 용도는 알지 못한다.

내가 아는 것은 벽난로 장식 위, 아버지와 볼이 통통한 아기, 제복을 입은 삼촌 사진들 사이에 놓인, 액자에 담긴 사진들이 아니라는 것이다.

§

어느 순간부터 나는 '암에 걸렸다'라는 생각과 말을 멈추고 '암에 걸렸었다'라고 하게 됐을까? 언제든지 후자에서 전자로 갈 수 있기에, 암이 재발할 수 있기에 아직 이 둘 사이, 불확실한 구역에 있는 느낌이다. 그러나 지난해 대다수 사람들의 관심사에 내가 느꼈던 무감각함과 그때 세상의 사건들에 내가 둔 거리감, 그리고 그것이 내 안에서 다시 깨운 분노의 비현실성, 또 한 번 내 것이 된 다소 쓸데없는 걱정들, 예로 식기세척기 5년 품질보장을 받으면서 내가 스스로에게 준 미래의 폭으로 암의 현주소를 헤아려 보고자 한다면 '암에 걸렸었다'라고 말할 수 있을 것이다.

몇 개월 동안 현존하는 모든 기술로 내 몸 구석구석을 수없이 많이 검사하고 촬영했다. 나는 이제 그게 무엇이든 뼈와 신체 기관 **안에 들어 있는 것**은 본 적도 없고, 보고 싶지도 않았다는 것을 깨닫는다. 검사를 할 때마다 무엇을 **더** 찾아낼 것인지 스스로에게 물어야만 했다.

지난 4월, 카테테르를 제거했다. 1년 반 동안 착용하다 보니, 어깨 옆, 피부 밑에 박아 넣은 일종의 보석이 되고 말았다. 나는 의사에게 그것을 보관하고 싶으니 달라고 부탁했다. 그는 처음으로 그런 요청을 받고 웃었다. "기념으로요?" 가발 역시 보관했다. 최근에 서랍 장 깊숙이 있는 것을 보며, 나 자신의 유한함과 살아 있음을 동시에 이토록 강렬하게 느끼는 기회는 어쩌면 두 번 다시 없을 것이라고 생각했다.

나는 암에 걸린 허구의 인물이 나오는 소설을 더는 견딜 수가 없다. 영화도 마찬가지다. 작가의 어떤 무의식으로 그런 것을 **지어낼 수 있을까.** 너무 가짜 같아서 우스울 정도다.

모든 사진을 거실 탁자 위에 펼쳐 놓았다. 집과 여러 공간들의 칸막이벽, 굽도리널, 문 아래쪽, 가구의 다리만 보이는 클루의 카드 같았다. 범죄의 무기는 없지만, 싸움의 반복된 표식들은 있다. 나는 생각 없이 사진 전체를 찍었다. 아마도 전체를 움켜쥔다는 착각을 위해 서였을 것이다. 우리들의 이야기 전체를. 그러나 그것 은 거기 없었다. 어쩌면 몇 년 후, 이 사진들은 더 이상 서로에게 아무것도 아닌 것이 되어, 그저 2000년 초반 에 유행한 신발을 증언할지도 모르겠다.

우리는 곧 서로의 글을 교환할 것이다. 나는 그가 쓴 글을 보는 것이 두렵다. 그의 이타성을, 욕망과 함께 나 눈 일상이 감춘 관점의 차이를 발견하는 것이, 글을 통 해 그것이 단번에 밝혀지는 것이 두렵다. 글은 우리를 갈라놓을까, 혹은 더 가깝게 만들까?

나는 그가 나 때문에, 나를 위해서 글을 쓴 것이 아니 기를 바란다. 나와 상관없이 세상을 향하기를. 내 경우 는, 그가 내 것을 읽는다는 생각은 하지 않았다. **그를 고 려하여** 한 일이 무엇인지 모르겠다. 나는 그저 단순히 사진에서 그리고 현재의 구체적인 흔적에서 내가 이중 으로 매료되었던 것들을 탐색하여 하나의 텍스트 안에 모았던 것이 아니었을까 생각한다. 그 어느 때보다 나 를 매료시키는 것은 바로 시간이다.

트루빌에서의 우리 모습을 떠올린다. 수술을 받고 15일이 지난, 2월의 어느 일요일이었다. 우리는 오후 내내 침대에 머물렀다. 매섭게 추웠고 빛이 밝았으며, 저녁이 오자 옅은 보라색이 됐다. 나는 M 위에 쪼그리고 앉았다. 마치 그가 내 뱃속에서 나온 것처럼, 그의 머리가 내 허벅지 사이에 있었다. 그 순간 나는 사진을 찍어야 한다고 생각했다. **탄생**, 제목은 정해졌다.

글로 읽는 사진의 용도

신유진

'글쓰기는 과거가 아니다. 현재이고 미래다.'

아니 에르노의 말을 곱씹으며 그들의 지나간 사랑
의 흔적들을 본다. 쓰러진 하이힐, 뒤집어진 니트, 바닥
에 버려진 바지, 브래지어를 밟고 있는 남성용 부츠. 어
쩌면 거기에는 사랑의 행위에 대한 기억이 아닌, 육체
가 빠져나간 부재의 자리가 쓰여 있는지도 모르겠다.
그들은 지난밤을 빌려 오늘을 이야기했고, 욕망이 끝
나고 남은, 사라질 수밖에 없는 흔적들 사이에서 상실
의 전조를 예감하고 있었다.

이 사진들이 찍힌 시기에 아니 에르노는 유방암을

앓았다. 자신의 경험을 이용하여 '삶'을 쓴다는 이 작가는 몇 개월 동안 폭력적인 작업들이 벌어졌던 자신의 몸을(그녀의 말처럼 지어내거나, 미화하는 것 없이) 있는 그대로 옮겼다. 종양이 자란 한쪽 가슴, 한 움큼씩 빠져나간 머리카락, 항암제를 부착하고 있는 체모가 없는 몸까지. 그곳에는 편재하는 죽음과 그것을 안고 살아가는 인간의 '삶'이 있고, 작가는 그것을 육체의 '부재'를 바라보는 방식으로 서술한다. 거기 놓여 있는 지극히 물질적인(옷, 가구, 주방, 문 등등) 요소들은 형체가 없어 손에 쥐기 힘든 모든 것들(사랑, 죽음, 욕망, 부재까지도)의 유일한 증거들이다.

나는 그녀와 그가 남겨놓은 이 사건의 현장에서 수사가 나아가야 할 방향을 여러 번 잃었다. 이곳에서 사라진 것은 육체인가, 사랑인가, 욕망인가. 여기에 남은 것은 부재인가 죽음인가. 무엇을 증명하고, 무엇을 찾아야 하는가.

생(生)을 위해 싸워나가는 사람(아니 에르노), 연인이 치러내는 전투를 통해 죽음을 배우는 사람(마크 마리), 우리는 그들이 무음으로 주고받은 대화를, 비밀스러운 몸짓들을, 어느 날 아침, 행위가 지나가고 폐허처

럼 남겨진 것들을 담은 사진 속에서 알아차린다. 이곳
에서 지난밤의 사랑과 욕망은 중요치 않다. 결국에는
사라지고 말 모든 것들을 최선을 다해 붙잡는 그들의
'시도'만이 의미를 갖게 될 뿐이다. 그리고 우리 역시 지
극히 사적이고 은밀한 그들의 계획에 동참하고 만다.
육체가 빠져나간 이 에로틱한 공연의 관객으로서, 글
로 쓰인 사진을 눈과 손으로 더듬으면서, 살과 뼈가 없
이 이뤄지는 에로스를 받아들이면서. 단 한 번도 이겨
본 적 없는 시간을, 우리는 그들과 함께 사진으로, 글로
뛰어넘기를 어느덧 소망하게 된다.

　　어느 폭염에 그들이 즐겨 듣던 음악과 풀밭 위에서
의 식사, 브뤼셀의 호텔과 '당신을 베니스로 데려가고
싶어요'라고 말하는 죽음과 함께 사는 여자의 미래가
온통 내 것이 되는 순간이 있다.

　　타인의 흔적은 그렇게 나의 현재가 됐다. 나는 그곳
에 적힌 생을 오늘의 내 것처럼 산다. 그리고 오늘, 그들
의 생을 살아 버린 나의 미래를 어렴풋이 예감한다. 어
쩌면 도처에 널린 죽음의 신호가, 욕망과 열정의 부재
가 나를 기다리고 있을지도 모르겠다. 나는 그녀처럼,
혹은 그처럼 그 삶을 배우고, 안고 살아가게 될 것이다.

이 책의 번역을 마치면서, 이 사진의 용도가 무엇인지 모르겠다고 말하는 두 작가에게 이런 답을 전해 주고 싶었다.

그것은 언젠가 사라져야 하는, 유한한 운명을 지닌 모든 것들의 가능성이라고. 하나의 순간에 갇혀 버린 상(像)이 언젠가 점과 선의 연속으로 이뤄진 시간을 탈출하여 무한히 팽창해 나가는 꿈을 꾸게 만드는 희망이라고.

'그러나 삶은 아무것도 말해 주지 않는다. 스스로 자신을 적지 않는다. 그것은 소리가 없으며, 형태도 없다.'
- 아니 에르노, 『삶을 쓰다』 서문 中에서

글을 쓰는 일을, 소리도 없고 형태도 없는 삶에게 자신의 인생을 빌려주는 일이라고 말하는 작가가 건네는 이 가능성이 한국의 독자들에게 유용한 무언가가 되기를,

우리의 언어로 옮겨진 이 책의 용도가 그것이 되기를 꿈꿔 본다.

옮긴이 신유진

파리의 오래된 극장을 돌아다니며 언어를 배웠다. 파리 8대학에서 연극을 전공
했다. 아니 에르노의 『세월』『진정한 장소』『사진의 용도』『빈 옷장』『남자의 자
리』, 에르베 기베르의 『연민의 기록』을 번역했고, 프랑스 근현대 산문집 『가만
히, 걷는다』를 엮고 옮겼다. 산문집 『창문 너머 어렴풋이』『몽카페』『열다섯 번의
낮』『열다섯 번의 밤』을 지었다.

사진의 용도
아니 에르노 & 마크 마리

2판 1쇄 2022년 10월 15일

지은이	아니 에르노 & 마크 마리
옮긴이	신유진
펴낸이	신승엽
편집	신승엽
사진•디자인	아니 에르노 & 마크 마리

펴낸곳	1984Books (일구팔사북스)
주소	전북 익산시 창인동 1가 115-12
전자우편	1984books.on@gmail.com
대표전화	010.3099.5973
팩스	0303.3447.5973
SNS	www.instagram.com/livingin1984

ISBN	ISBN 979-11-90533-17-1 (03860)

잘못된 책은 구입하신 서점에서 교환해드립니다.

1984BOOKS